채널마스터

CHANNEL MASTER

채널마스터 9
CHANNEL MASTER

한태민 현대 판타지 장편소설

초판 1쇄 찍은 날 | 2018년 9월 13일
초판 1쇄 펴낸 날 | 2018년 9월 20일

지은이 | 한태민
펴낸이 | 예경원

기획 | 위시북스
편집책임 | 이규재
편집 | 위시북스

펴낸곳 | 예원북스
등록번호 | 제396-2012-000132호
등록일자 | 2012. 7. 25
KFN | 제1-308호

주소 | 경기도 고양시 일산동구 호수로 646-24 위너스21Ⅱ빌딩 206A호 (우)10401
전화 | 031-819-9431 팩스 | 031-817-9432
E-mail | yewonbooks@naver.com

ISBN 979-11-89450-33-5 04810
      979-11-6098-760-7 (set)

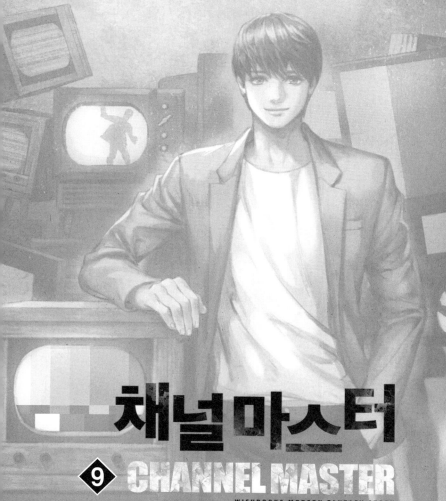

채널마스터

9

CHANNEL MASTER

WISHBOOKS MODERN FANTASY STORY

한태민 현대 판타지 장편소설

채널마스터
CHANNEL MASTER

CONTENTS

CHAPTER
1

「화려한 데뷔전! 또 한 번 미국을 사로잡은 한스 신드롬.」

「데이비드 베컴(David Beckham)을 생각나게 하는 엄청난 크로스로 바이에른 뮌헨이라는 거함을 격침시키다!」

「강한수 "다음 시즌, 챔피언스리그에서 우승하겠다." 포부 밝혀.」

갖가지 기사들이 국내 포털 사이트는 물론 축구와 조금이라도 연관이 있는 사이트를 휩쓸었다. 광란이었다. 이날 새벽 펼쳐진 프리시즌 ICC 첫 경기에서 한수가 보여준 활약은 불안감을 덜어내기에 충분했다.

몇 차례 공을 잡을 때마다 보여줬던 날카로운 크로스와 더불어 간간이 상대 수비를 헤집는 드리블 돌파는 월드 클래스급 미드필더 못지않았다. 그런 한수의 경기력을 가장 극찬한 건 맨체스터 시티의 감독 펩 과르디올라였다.

경기가 끝나고 기자들과 가진 인터뷰에서 펩 과르디올라는 그 어느 때보다 단호한 표정으로 입을 열었다.

"강한수는 오늘 최고의 활약을 펼쳐 보였습니다. 여전히 그를 불신하는 사람들이 많은 것으로 압니다. 하지만 한스는 실력으로 자신의 가치를 입증해 보일 것입니다. 그리고 이번 시즌이 끝난 뒤 그의 몸값은 못해도 10배 이상은 뛸 게 분명합니다. 그하고 다년계약을 맺을 수 없다는 게 아쉬울 뿐입니다."

펩 과르디올라의 말에 기자들이 웅성거렸다.

맨체스터 시티가 한수를 데려오며 보상금 형태로 지급한 돈은 1,800만 파운드였다. 한화로 약 300억 원 정도다.

그런데 그 열 배로 몸값이 뛸 것이라는 건 그의 이적료가 1억 8천만 파운드, 한화로는 3,000억 원을 넘어설 것이라는 의미였다.

몇몇 기자는 펩 과르디올라를 보며 드디어 이 완벽주의자가 맛이 갔다는 생각을 품었다. 단 일 년 뛰고 몸값을 열 배로 부풀리려면 맨체스터 시티가 트레블을 하게끔 도와야만 했다.

단순히 돕는 것만 아니라 주도적인 역할을 해야 했다. 즉 역사에 이름을 남겨야 했다.

지금도 발리슛 하면 떠오르는, 레버쿠젠을 상대로 극적인 골을 넣은 레알 마드리드의 지네딘 지단(Zinedine Zidane)이라든가 바이에른 뮌헨을 논스톱 발리슛으로 무너뜨린 동안의 암살자 올레 군나르 솔샤르(Ole Gunnar Solskjaer)라던가 혹은 아틀레티코 마드리드를 상대로 후반전 추가시간에 극적인 동점골을 헤딩으로 터트린 세르히오 라모스(Sergio Ramos)처럼 사람들의 머릿속에 기억될 그런 명승부를 만들어내야만 했다.

그러나 그런 명승부가 원한다고 해서 손쉽게 주어지는 건 아니었다.

무엇보다 맨체스터 시티는 챔피언스리그 우승컵은커녕 15-16시즌 챔피언스리그 4강전에 진출한 게 그들이 거둔 최고의 성적이었다.

그것 때문에 펩 과르디올라는 그 어느 때보다 절치부심하고 있었다. 그리고 그는 강한수가 자신의 이 숙원을 이루어줄 것이라고 확신하고 있었다.

프리시즌 첫 경기가 끝난 뒤 맨체스터 시티 선수단은 호텔로 돌아왔다.

호텔에서 푹 쉬며 오늘 경기를 회상하고 있을 무렵 한수는 먼저 호텔방으로 돌아왔다. 그리고 그는 호텔에 두고 왔던 스마트폰을 확인했다.

부재중 전화와 아직 읽지 않은 메시지, 수백 건의 카톡 메시지가 눈에 들어왔다.

인사치레로 보낸 대부분의 메시지는 씹은 다음 한수는 굵직굵직한 것들만 살펴보기 시작했다.

우선 부모님께 연락이 와 있었다. 경기가 끝났을 무렵 메시지가 도착해 있는 걸 보면 새벽 일찍 일어나서 축구 경기를 생중계로 보신 듯했다.

우리 아들, 장하다! 뭘 하든 최선을 다해라. 난 널 믿는다.

아버지는 언제나 듬직했다. 예전부터 그랬듯이 항상 자신을 믿어주곤 했다.

아들, 밥은 잘 먹고 다니는 거지? 건강 잘 챙기고 네가 원하는 일이니까 이왕이면 최고의 자리까지 올라가길 바라마. 사랑한다, 내 아들.

엄마의 메시지도 느낌은 비슷했다. 한수는 입술을 꽉 물었다. 한 시즌만 뛰기로 했지만, 이왕 축구 선수로 뛰게 된 이상 최고의 자리에 올라설 생각이었다. 그리고 그게 바로 채널 마스터가 걸어야 하는 길이기도 했다.

그때 호텔 문이 열리고 새하얀 피부에 꽤 어려 보이는 선수가 들어왔다.

"어? 한스, 들어와 있었어?"

"케빈, 쉬려고?"

그는 벨기에 국적의 미드필더 케빈 더 브라이너였다. 그가 한수를 보며 물었다.

"응. 너도 쉬려고 들어온 거 아니었어?"

"어, 그래야지. 스마트폰 좀 보다가 자려고."

"오늘도 또 스마트폰만 보는 거야? 너 진짜 스마트폰 중독인 거 아니야?"

케빈이 한수를 보며 걱정스러운 얼굴로 물었다.

그 말에 한수가 멋쩍게 웃었다.

실제로 맨체스터 시티에 입단하고 처음 함께 생활하게 됐을 때 한수는 적잖은 오해를 사야 했다.

매일 스마트폰을 손에 쥐고 다녔을 뿐만 아니라 잠잘 때도 스마트폰을 보다가 잠들었기 때문이다.

한수는 피로도를 소모해서 하루라도 빨리 「IBC Sports」의 경험치를 쌓기 위해 그런 것이었지만 누군가에게는 오해를 살 수 있는 일이었다.

그 이후 한수가 스마트폰을 숙소 또는 캐비닛 같은 곳에 두고 다니면서 오해는 조금 줄어들었지만 한수가 스마트폰을 만

지작거릴 때마다 그들은 또 시작했다는 표정을 지어 보이곤 했다.

"부모님께 연락이 와서 봤던 거야. 너무 걱정하지 마."

"오케이. 알았어. 그럼 나는 잠 좀 잘게. 그리고 다음번에는 나한테도 멋진 어시스트 좀 찔러 넣어줘. 아게로한테만 주지 말고. 가능하겠지? 룸메이트?"

"물론이지. 프리시즌 때 원하는 만큼 실컷 넣어줄 테니까 넣기만 하라고."

케빈이 그 말에 빙긋 미소를 지었다.

지난 넉 달 동안 한수와 함께하면서 그는 한수의 재능에 소름 돋은 적이 한두 번이 아니었다.

케빈 더 브라이너 역시 월드 클래스급 미드필더로 손꼽히고 있었고 다비드 실바와 함께 맨체스터 시티의 에이스로 손꼽히고 있었지만 그런 케빈 더 브라이너에게도 강한수는 그야말로 불가사의한 존재였다.

특히 한 치의 오차도 없이 원하는 위치에 정확히 배달되는 크로스를 보고 있노라면 그의 발가락은 다른 사람과 달리 기형적으로 이루어져 있는 게 아닌가 하는 생각마저 들 정도였다.

그 덕분에 지금 와서는 한수가 찔러주는 크로스는 무조건 믿고 달려들 정도였다.

어느새 잠든 케빈을 보던 한수는 재차 휴대폰을 확인했다.

부모님뿐만 아니라 윤환이나 권지연, 김서현, 이승준 등 평소 친하게 지내던 연예인들하고 구름나무 엔터테인먼트 식구들 거기에 황 피디까지 연락이 와 있었다.

한수가 맨체스터 시티에서 선수로 뛰는 와중에도 꾸준히 연락해 온 건 부모님을 빼면 황 피디가 거의 유일하다시피 했다.

대부분 연락이 끊긴 가운데 황 피디는 끈질기게 한수에게 매달렸는데 그는 다양한 아이템을 준비해 놓고 한수가 돌아오기만을 기다리고 있었다.

개중에는 「싱 앤 트립」과 비슷한 프로그램도 있었고 푸드트럭을 활용한 프로그램도 있었다.

개중에서 푸드트럭을 활용한 프로그램 같은 경우 지난번 촬영했던 「무엇이든 만들어드려요」가 승기기 지역에서 외국인을 상대로 장사를 했던 것과 달리 이번에는 국내를 돌아다니며 소외된 독거 노인이나 수학능력시험에 지친 수험생, 혹은 직장생활에 치여서 아침도 제대로 먹지 못하고 다니는 직장인을 대상으로 하고 싶다고 이야기하고 있었다.

맨체스터 시티와의 계약 기간이 만료된 뒤 구름나무 엔터테인먼트와 재계약을 맺을지 맺지 않을지는 아직 확정되지 않았지만 가급적 한수는 황 피디하고 계속해서 프로그램을 만들 생각이었다.

황 피디가 가진 철학과 그의 가치관이 한수와 부합했기 때문이다. 무엇보다 그가 만드는 프로그램은 기본적인 재미가 있었다.

그밖에 황 피디가 보낸 기획안을 확인하던 한수는 어느새 자신도 모르게 스르륵 잠들었다.

이미 시간은 자정을 훌쩍 넘긴 뒤였고 지금은 숙면해야만 했다.

미국에서 열리는 2018 ICC에 참가한 팀은 모두 여덟 팀이었다.

프리메라리가의 양대 강자 중 한 팀이자 전년도 디펜딩 챔피언인 레알 마드리드(Real Madrid).

레알 마드리드와 더불어 프리메라리가의 양대 강자로 손꼽히는 바르셀로나(Barcelona).

프리미어리그의 전년도 우승팀 맨체스터 유나이티드(Manchester United).

17-18시즌에 프리미어리그에서 2위를 차지한 토트넘 홋스퍼(Tottenham Hotspur).

맨체스터 유나이티드와 토트넘 홋스퍼에 밀려 3위에 그친 맨체스터 시티(Manchester City).

분데스리가의 우승팀 바이에른 뮌헨(Bayern Munich).

여기에 세리에A의 절대 강자 유벤투스(Juventus)와 중국 컨소시엄이 인수한 뒤 아깝게 준우승에 머무른 AC 밀란(AC Milan)까지.

그야말로 챔피언스리그 단골손님들이 이곳에 모인 상태였다.

실제로 유럽 축구계를 주름잡는 굵직굵직한 클럽이 모여 경기를 치르는 덕분에 ICC의 위상은 부쩍 올라갔고 최근 들어서는 미니 챔피언스리그라고 불릴 정도였다.

그 정도로 참가팀 면면이 화려했기 때문이다.

첫날 맨체스터 시티가 상대한 팀은 바이에른 뮌헨이었다. 그리고 강한수의 맹활약에 힘입어 맨체스터 시티는 바이에른 뮌헨을 2 대 0으로 꺾을 수 있었다.

닷새 뒤 맨체스터 시티가 두 번째로 상대하게 될 팀은 프리메라리가의 양대 강자로 손꼽히고 있는 바르셀로나였다.

그러나 양대 강자로 손꼽히는 것과 달리 바르셀로나는 요즘 들어 주춤한 모양새였다.

지난 시즌에는 네이마르의 파리 생제르맹 이적설로 시끌벅적하더니 결국 이렇다 할 보강도 제대로 하지 못한 채 이적시장을 끝냈다.

새로 부임한 발베르데 감독이 팀을 힘겹게 이끌었지만, 리그에서는 3위, 챔피언스리그에서는 8강 탈락에 그치는 수모를 맛봐야 했다.

그렇지만 만만히 볼 상대는 아니었다.

특히 바르셀로나를 이끄는 공격진 MSN은 남미 최강의 트리오로 리오넬 메시, 루이스 수아레즈 그리고 네이마르로 이루어져 있었다.

이들이 갖는 파괴력을 생각해 본다면 만만히 볼 수만은 없었다.

그래도 한수는 텔레비전으로 봐왔던 리오넬 메시, 루이스 수아레즈 그리고 네이마르와 붙을 수 있게 됐다는 생각에 흥분을 감추지 못하고 있었다.

그때 경기 전날 펩 과르디올라가 한수를 호명했다.

"한스! 나하고 같이 가지."

"예? 저 말입니까?"

"그래. 한스, 기자들도 자네를 보고 싶어 하더군."

한수는 얼떨떨한 얼굴로 기자회견장으로 향했다.

경기를 하루 앞두고 오늘은 기자회견이 있는 날이었다. 이미 기자회견장에는 많은 기자가 몰려 있었다.

한때 바르셀로나에서 뛰었고 그 이후 바르셀로나의 감독으로 부임해서 6관왕을 이룩했던 펩 과르디올라가 친정팀과 경기를 벌이게 됐을뿐더러 그에게는 리오넬 메시 대신 강한수라는 새로운 무기가 주어졌기 때문이다.

그렇다 보니 오늘 강한수가 리오넬 메시를 상대로 어떠한 퍼포먼스를 보여줄지 기자들의 이목이 집중되어 있었다.

2018 러시아 월드컵마저 준우승에 그친 리오넬 메시였고 그는 아예 국가 대표팀에서 은퇴를 선언한 뒤 클럽에만 온전히 모든 힘을 쏟겠다고 아예 쐐기를 박은 상황이었다.

한수가 펩 과르디올라 감독과 함께 기자회견장에 도착하자 어마어마한 밝기의 플래시가 터져 나왔다.

경기 첫날에도 주목도는 높았지만, 이 정도는 아니었다.

그만큼 여기 모인 수많은 기자가 오늘 경기를 손꼽아 기다려왔다는 의미이기도 했다.

두 사람이 기자회견장에 자리하고 앉았다.

그리고 펩 과르디올라는 현재 선수단의 상황과 더불어 바르셀로나를 상대하게 된 소감을 밝히면서 질의응답 시간을 가졌다.

한 기자가 펩 과르디올라를 향해 물었다.

"바이에른 뮌헨에 이어 프리메라리가의 강팀 바르셀로나를 상대하게 됐는데 소감이 어떠십니까?"

"친정팀을 만나 경기를 하게 되어 정말 즐겁습니다. 발베르데 감독이 이번 시즌 스스로 명장임을 입증해 보일 것으로 기대하고 있습니다."

"선수단에 추가적인 변화는 없다고 하셨는데요. 더 이상 선수를 영입할 생각이 없으십니까?"

펩 과르디올라가 웃으며 말했다.

"우리는 지난 2년 동안 천문학적인 이적료를 쏟아부어서 든든한 디펜더와 골키퍼를 영입했습니다. 우리 미드필더진은 흠 잡을 데 없을 만큼 뛰어나며 그건 포워드도 마찬가지입니다. 굳이 여기에 선수를 추가로 영입해야 할 이유는 없다고 생각합니다. 게다가 우리 팀은 봄이었긴 하지만 그 누구보다 특별한 선수를 영입했습니다."

펩 과르디올라가 옆에 앉아 있는 한수를 보며 입술을 떼었다.

"그 한 명의 영입만으로도 백만대군을 얻었다고 이야기할 수 있을 것입니다."

그때였다. 기자 한 명이 손을 들어 올렸다.

평소 가십성 기사를 주로 다루는 기자였다. 그가 한수와 펩 과르디올라를 번갈아 보다가 의미심장한 웃음을 지어 보이며 물었다.

언제나 각종 축구 포럼에서 기본 이상의 조회 수와 댓글 수를 보장해 주는 단골 질문이었다.

"펩 과르디올라 감독님, 당신은 08-09시즌부터 11-12시즌까지 바르셀로나의 감독으로 부임하면서 리오넬 메시를 지도했습니다. 그리고 지금은 맨체스터 시티의 감독으로 강한수를 지도하고 있습니다. 둘 중 누가 더 낫습니까?"

도발적인 그 질문에 펩 과르디올라는 한 치의 주저함도 없이 대답했다.

"저는 여태 수많은 천재를 봤습니다. 리오넬도 그런 선수 가운데 한 명이었습니다. 그러나 단연코 그 어떤 누구도 강한수에 비할 바는 못 됩니다. 그게 제 대답입니다."

핵폭탄이 이곳 기자회견장에 떨어진 것처럼 침묵이 무겁게 가라앉았다.

웅성웅성-

몇몇 기자가 웃었다. 몇몇은 허파 빠진 소리를 냈다.

리오넬 메시(Lionel Messi)는 세계 최고의 선수다. 국가대표 커리어가 부족할 뿐 온 더 볼 플레이에서 리오넬 메시는 세계 축구계 정점에 올라 있는 인사다.

그런데 지금 펩 과르디올라 감독은 강한수를 그런 리오넬 메시에 견주어 비교했고 한수가 그보다 더 천재라고 평가한 것이었다.

'특종감이군.'

'난리가 나겠어.'

기자들 모두 속으로 중얼거렸다. 그러나 그들로서는 오히려 좋은 일이었다.

이렇게 감독이나 선수, 에이전트가 과격한 발언을 해주면 해줄수록 그들이 써 내려갈 기삿거리는 더욱더 많아지기 때문이다.

하지만 펩 과르디올라의 말에 반박할 기자는 없었다.

펩 과르디올라는 바르셀로나와 맨체스터 시티에서 감독 생활을 하며 리오넬 메시와 강한수를 사사했고 가장 객관적인 평가를 할 수 있는 인물도 그뿐이었다.

기자 한 명이 펩 과르디올라를 처다보며 물었다.

"내일 경기에 대해 어떻게 생각하십니까?"

"우리 팀은 바이에른 뮌헨을 꺾었고 올 시즌 최고의 모습을 선보일 준비가 되어 있습니다. 바르셀로나를 상대로도 그런 활약을 펼쳐 보일 것이라고 믿습니다."

몇몇 기자가 이번에는 한수를 보며 질문했다.

"강한수 선수! 몇몇 선수는 강한수 선수를 가리켜 컴퓨터 패스라고 하는데요. 그에 대해 어떻게 생각하십니까?"

"제 패스나 크로스가 정확하다 보니 그런 이야기가 있는 모양입니다. 감사합니다."

"올 시즌만 맨체스터 시티에서 뛰고 은퇴하신다고 들었는데요. 계약 연장은 추호도 생각 안 하고 있으신 겁니까?"

"예. 그렇습니다. 이번에 제가 한 시즌을 뛰기로 한 건 두 사람과의 약속 때문입니다. 그것을 이행한 뒤 저는 은퇴할 생각입니다."

"이번 시즌 계약이 만료된 뒤 몇몇 구단에서 강한수 선수를 노린다는 이야기가 있는데요. FA로 이적하실 생각은 없으십니까? 막대한 주급을 약속했다고 들었습니다."

한수가 고개를 저었다.

"그럴 일은 없을 겁니다."

그 이후 바르셀로나에 관한 이야기가 이어졌다.

역시 주된 이야기는 리오넬 메시하고의 비교였다.

네이마르가 최근 가파르게 성장하고 있었지만 리오넬 메시에 비할 바는 아니었다.

이제 딱 한 경기 보여준 강한수에게 리오넬 메시를 가져다 댄다는 건 여러모로 말이 안 되는 일이었지만 펩 과르디올라 감독이 한 말 때문에 어느 정도 어그로가 끌린 감이 있었다.

한수는 그들의 날 선 질문에 적절히 응대했다.

작년에 기자들과 여러 차례 인터뷰를 해왔기 때문에 한수에게는 어렵지 않은 일이었다.

그렇게 경기를 하루 앞두고 기자회견이 끝났다.

이제 남은 건 경기장에서 온전히 자신의 실력을 보여주는 것뿐이었다.

툭툭-

선수들은 미국 캘리포니아주 산타클라라에 있는 리바이스 스타디움에서 천천히 몸을 풀고 있었다.

어제 펩 과르디올라가 강한수와 함께 했던 기자회견은 그들에게도 여러모로 이슈였다.

실제로 인터넷은 지금 떠들썩했다.

사람들은 VS 놀이를 벌이며 누가 더 낫냐를 서로 따지고 들고 있었다.

바르셀로나 팬들은 펩 과르디올라가 바르셀로나 레전드다 보니 이렇다 할 말은 못 했지만 그래도 내심 그 말에 서운함을 감추지 못했다.

그 밖의 해외축구 팬들은 강한수가 그 정도 실력이 되냐고 반신반의했지만, 한편으로는 강한수가 세계 최고로 평가받는 것에 대해 격렬하게 열광하고 있었다.

변방에 있는 3부 리그 팀 감독이 그런 말을 했다면 그게 무슨 개소리야? 하면서 무시할 법하지만, 그 말을 꺼낸 주체가 바르셀로나와 맨체스터 시티에서 감독 생활을 한 펩 과르디올라였기 때문이다.

결국, 어떤 이야기가 나와도 누가 그런 이야기를 하느냐에 따라 그 말이 대단히 설득력 있게 보일 수도, 그렇지 않을 수도 있는 것이었다.

한수도 공을 차며 감각을 더 날카롭게 벼리기 시작했다.

룸메이트 케빈이 한수에게 슬그머니 다가와서 물었다.

"기자회견장 분위기는 어땠어?"

"어젯밤에도 이야기했잖아."

"그래도, 한 번 더."

"그러니까 펩이 그렇게 이야기한 뒤 기자회견장은 당연히 조용해졌지. 몇몇 기자는 펩을 보면서 제정신으로 하는 말이 맞나 싶은 표정을 짓더라고. 솔직히 옆에서 듣는 나도 어이가 없긴 했어. 펩이 날 좋아하는 건 알고 있었지만, 그 정도로 극찬할 줄은 생각지도 못했으니까."

"그래도 기분은 좋았을 거 아니야. 저기 저 리오넬보다 더 좋은 평가를 받았잖아. 안 그래?"

"……휴, 그런 말 하지 마. 가뜩이나 리오넬 메시의 팬들이 지금 나를 완전 벼르고 있다고. 조금이라도 실수했다가는 내가 아니라 펩한테 비난이 쏠릴 분위기던데?"

"그럼 잘하면 되지, 하하. 이번에는 나한테 꼭 패스해 달라고. 내가 반드시 골을 넣어줄 테니까."

"좋아, 이따가 경기에서 최고의 패스를 찔러 넣어주지."

"굿, 바로 그거라고."

언제나 유쾌한 케빈을 보며 한수도 웃음을 피웠다. 그러는 사이 슬슬 경기할 시간이 되었다.

'부모님은 오늘 경기도 보고 있으시려나?'

한수는 서쪽을 바라봤다. 지금 부모님은 무엇을 하고 있을지 궁금했다.

한수의 본가는 한수가 있을 때보다 더 시끌벅적했다.

오전 10시.

이렇게 많은 사람이 바글거릴 시간은 아니었다. 못 해도 스무 명이 넘는 사람들이 비좁지 않은 한수 집 거실을 장악한 채 텔레비전을 보고 있었다.

그들은 한수의 친척들이었다. 친가하고 외가 양쪽에서 한수 부모님과 함께 축구 경기를 보겠다고 밀려든 것이었다.

그들은 양손에 묵직한 바구니를 들고 있었는데 그 안에는 각종 먹을거리가 즐비했다. 이렇게 일가친척들이 한수 집에 모인 건 한수가 오늘 바르셀로나를 상대로 경기에 나선다고 한 것 때문이었다.

그것 때문에 아버지가 친가 친척 몇몇을 초대했고 어머니도

외가 친척 몇몇을 초대했는데 그들 사이에 소문이 퍼지면서 이렇게 많은 사람이 몰려든 것이었다.

그러나 그들 대부분은 축구에 대해 잘 알지 못했다.

기껏해 봤자 대한민국 국가대표팀이 2002년 월드컵 4강에 진출했다는 것과 2006년, 2014년, 2018년에는 4강은커녕 16강도 진출 못 했다는 것 그리고 기본적인 룰 정도만 알고 있었다.

그들이 이곳에 모인 건 엄밀히 말하면 축구를 보기 위해서라기보다는 한수 부모님과의 친목을 다지기 위함이었다. 그리고 강한수 같은 유명인이 내 친척이라서 들먹거리기 위한 용도이기도 했다.

그래도 한수 부모님 입장에서는 자기 자식이 이렇게 외국에서도 맹활약하고 있는 걸 누군가에게 자랑하고 싶은 게 사실이었다. 그리고 그 대상은 보통 일가친척 또는 주변 친구가 될 수밖에 없었다.

"형님은 진짜 놀라셨겠어요. 한국 대학교에 입학해서 번듯한 회사에 입사하는 줄 알았더니 갑자기 연예인을 하겠다고 하질 않나 그러더니 이번에는 또 축구 선수가 되었으니까요."

"걱정이 많긴 하지. 그래도 저렇게 잘해주고 있으니까 마음은 든든해."

"어휴, 우리 아들은 내년에 대학교 입학하는데 공부 머리가 없어서 걱정이에요. 이럴 줄 알았으면 그때 형님이 한수한테 과외받아 보라고 했던 거 시켜볼 걸 그랬어요."

"과외는 무슨."

그때 한수 어머니하고 닮은 여자가 두 사람 사이에 끼어들었다.

"과외? 그러고 보니 그때 그 과외는 어떻게 됐어?"

한수에게는 둘째 이모가 되는 사람이었다.

갑작스러운 말에 한수 엄마가 의아해했다가 뒤늦게 누군가를 떠올리곤 말했다.

"아, 그때 그 한상그룹? 한수가 과외 안 한다고 해서 물거품 됐어. 그러고 보니 그 집 딸내미는 어떻게 됐대?"

"말도 마. 그쪽 집안 아예 풍비박산 날 뻔했잖아. 그 집 딸내미가 그렇게 공부를 하기 싫어해서 그 집 엄마가 혈압 올라서 병원에 실려 가고 난리도 아니었어."

"그래서 어떻게 됐는데?"

"딸아이는 미대에 진학하고 싶었다고 하더라고. 평소 그림 그리는 걸 좋아했나 봐. 결국, 자식 고집 이기는 부모 있어? 샌프란시스코 예술대학으로 유학 갔다고 들었어."

가만히 이야기를 듣고 있던 여자가 한수 엄마를 보며 물었다.

"누구 이야기를 하시는 거예요?"

한수 언니가 대신 대답했다.

"예전에 한수가 과외 해주는 조건으로 월 천만 원을 주겠다고 했던 집안이 있어요. 그 집 아버지가 한상그룹 사장이었을 거였거든요."

"월 천만 원이요? 그렇게 많이요?"

생소한 이야기에 그녀가 눈을 휘둥그레 떴다.

월 천만 원.

평범한 집안이라면 생각지도 못할 거액이다. 그런 거액을 한 달 과외비로 선뜻 낸다는 것이 그녀가 보기엔 이해가 되지 않았다.

그러나 정말 잘 사는 집안은 그런 경우가 비일비재했다.

"샌프란시스코? 오늘 한수 경기 있는 곳이 샌프란시스코 아니에요?"

"어? 생각해 보니 그런 거 같은데……."

그녀들은 혹시 하는 생각에 텔레비전을 바라봤다.

어쩌면 저곳에 한수에게 과외를 받을 뻔했던 그 여고생이 있을지도 몰랐다.

리바이스 스타디움은 NFL 샌프란시스코 포티나이너스의

홈 경기장으로 사용되는 곳으로 작년에도 이곳에서 레알 마드리드와 맨체스터 시티 경기가 열렸었다.

68,500명이 입장 가능한 이곳에는 경기가 시작되기 전인데도 불구하고 정말 많은 사람이 몰려 있었다.

그들 대부분은 백인이었지만 개중에는 아시아인도 있었다.

특히 아시아인 대부분은 이십 대였는데 그들이 이곳까지 온 건 오로지 한 명, 강한수를 보기 위해서였다.

즉, 그들 모두 미국에 유학 온 한국인 유학생들이었다.

개중에는 유독 예뻐 보이는 여자애 한 명이 있었다. 옅은 화장밖에 안 했지만, 남들보다 유독 두드러지는 미모였다.

경기장에 앉아 선수들을 둘러보던 그녀가 눈을 빛냈다.

그녀 눈에 유독 도드라져 보이는 남자가 있었다. 월 천만 원짜리 과외를 거절했을 때만 해도 그게 허세라고 생각했다.

어쩌면 '집이 잘사는 건가'라는 생각이 들기도 했다.

그러다가 그녀가 한수를 다시 본 건 TV 예능 프로그램에서였다.

정수아 하고의 스캔들에 휩쓸려 자칫 수렁에 빠질 뻔하기도 했지만, 그 이후 그는 보란 듯이 각종 예능 프로그램에 나오면서 두각을 드러내기 시작했다.

그 덕분에 한때는 텔레비전을 켜면 한두 군데에서는 꼭 그가 나오는 프로그램의 재방송을 볼 수 있었을 정도였다.

그 이후 한스 신드롬이 불어 닥쳤을 때 그녀는 강한수의 팬이 되었다.

특히 그가 부르는 노래는 정말 엄청났다.

괜히 한스 신드롬이 부는 게 아닌 듯했다. 그러다가 갑자기 잘 나가던 예능 프로그램을 관두고 노래도 접는다고 했을 때 하늘이 무너지는 것만 같았다.

하지만 맨체스터 시티에 입단하고 넉 달 뒤 이렇게 경기장에 서 있는 모습을 보게 되니 감회가 남달랐다.

자신은 여전히 헤매고 있는 동안 그는 날개를 달고 저 멀리 날아가 버린 듯했다.

"저기 저 사람이 강한수 맞지?"

"어, 맞아. 우와! 생각보다 되게 잘생겼다. 그치?"

"응. 화면보다 실물이 더 나은데?"

"희연아! 왜 아까부터 말이 없어? 네가 그렇게 사모하던 왕자님이 저기 나타났잖아!"

희연이 그 말에 얼굴을 붉혔다.

"무슨 왕자님이야! 그런 거 아니래도!"

"됐거든. 강한수 나오는 예능 프로그램이나 콘서트를 틈만 나면 돌려보면서 그렇게 말하면 하나도 설득력 없거든?"

"……경기나 보자. 슬슬 시작하려나 보다."

희연의 말 그대로였다.

경기가 시작하려 하고 있었다.

한창 몸을 풀던 선수들이 경기장을 빠져나갔다가 차근차근 들어오기 시작했다.

그리고 서로 악수를 주고받을 때 강한수와 리오넬 메시가 맞부딪쳤다. 기자들은 연신 셔터를 눌러댔다.

오늘 경기의 하이라이트가 될지도 모를 장면이었다.

그리고 센터 서클에 공이 놓인 뒤 맨체스터 시티의 선공으로 경기가 시작됐다.

주심이 휘슬을 불었고 아게로가 공을 뒤로 보냈다.

르로이 사네(Leroy Sane)가 공을 건네받았다. 동시에 그가 뒤로 공을 보내며 빌드업을 하려 할 때였다.

바르셀로나의 스트라이커 루이스 수아레즈(Luis Suarez)가 그 공을 커트했다.

"어?"

르로이 사네가 당혹스러워할 때였다.

세계 최강의 공격 편대라고 불리는 바르셀로나의 MSN이 발 빠르게 움직이기 시작했다. 그리고 그 중심에는 세계 최고의 선수라고 평가받는 리오넬 메시가 서 있었다.

그는 한수가 챔피언스리그에서 우승하려면 반드시 꺾어야만 하는 역대 최고의 선수이기도 했다.

캐스터 양현수가 경기 장면을 지켜보며 소리쳤다.

"세계 최강의 공격 편대라고 불리는 MSN이 쇄도해 들어갑니다! 맨체스터 시티, 경기를 시작하자마자 위기를 맞이했습니다!"

"아, 조금 전에는 르로이 사네 선수가 너무 방심했어요. 루이스 수아레즈 선수는 저런 영악한 플레이를 잘하거든요. 조심했어야죠."

MSN이 발 빠르게 뛰어 올라갔다.

공을 가로챈 루이스 수아레즈는 그대로 네이마르에게 공을 연결했다.

온더볼에서는 최근 리오넬 메시보다 더 낫다는 평가를 받는 네이마르였다. 그는 맨체스터 시티 수비진을 종횡무진 누비며 드리블로 돌파를 이어 나갔다.

그리고 그가 중앙으로 키패스를 찔러넣으려 할 때였다.

맨체스터 시티가 협력 수비를 강행했다.

"아, 두 선수가 네이마르 선수를 앞뒤로 감싸 쥔 채 마킹에 나섭니다."

네이마르를 상대로 철벽 수비에 들어선 건 맨체스터 시티의 오른쪽 미드필더 강한수와 오른쪽 풀백 카일 워커였다.

두 명이 달라붙어 수비하기 시작하자 네이마르도 좀처럼 버텨낼 재간이 없었다.

게다가 한수는 챔피언스리그에서 뛴 위대한 수비수 중 알레산드로 네스타(Alessandro Nesta)와 파올로 말디니(Paolo Maldini)의 경험과 지식을 십분 살려 수비 중이었다.

그러다가 한수가 네이마르로부터 공을 빼앗는 데 성공했다.

"아! 강한수 선수! 네이마르한테서 공을 빼앗습니다!"

"공만 빼내는 최고의 태클이었습니다. 정말 교과서다운 태클이었는데요. 이 정도면 강한수 선수를 전문 수비 요원으로 써도 과언이 아닐 듯합니다."

"대단했습니다. 아! 이건 안 되죠!"

"프리시즌에 치르는 경기인데 이런 태클이라뇨! 이건 명백한 보복성 태클입니다!"

캐스터와 해설자가 격분해서 소리치기 시작했다. 그럴 수밖에 없었다. 공을 빼앗긴 뒤 네이마르가 뒤에서 한수의 다리를 걸어 넘어뜨렸기 때문이다.

"크흡."

한수가 그라운드를 한 바퀴 뒹굴었다.

다급히 달려온 주심이 그대로 옐로카드를 꺼내 치켜들었다.

"이건 레드카드도 바로 받을 수 있을 만큼 위험한 플레이였습니다!"

양현수 캐스터가 눈살을 찌푸렸다.

조금 전 네이마르의 태클은 정말 위험한 플레이였다. 그러나 그는 사과도 하지 않은 채 투덜거리며 돌아가고 있었다.

네이마르 대신 카일 워커가 다가와서 한수를 일으켜 세웠다.

"한스, 괜찮아?"

"어. 괜찮아. 고마워, 카일."

"저 자식이…… 또다시 저런 비열한 짓거리를 하면 이번에는 내가 놈의 저 가느다란 다리를 부서뜨리겠어."

"하하, 말만으로도 든든하네. 그러나 실제로 그렇게 하진 말라고. 이런 프리시즌보다는 프리미어리그하고 챔피언스리그가 더 중요하잖아."

"……그건 그렇지. 어쨌든 다친 데 없다니까 다행이야."

한수는 엉덩이를 털며 일어섰다.

바로 앞에 선 네이마르가 이죽거렸다.

한수가 눈매를 좁혔다.

그것도 잠시 그는 신경을 끈 채 경기에 재차 집중하기 시작했다.

카일 워커가 프리킥 대신 한수에게 공을 밀었다. 공을 발끝에 댄 채 한수는 네이마르를 바라봤다.

그는 입가를 실룩거리며 한수 앞에서 흐느적거렸다. 한수는 왜 네이마르가 저렇게 뿔이 났는지 알고 있었다.

어제 펩 과르디올라가 기자회견에서 했던 이야기 때문일 터였다. 네이마르는 리오넬 메시의 경쟁자는 자신밖에 없다고 생각하고 있었기 때문이다. 그 와중에 펩 과르디올라가 네이마르 대신 강한수를 리오넬 메시의 가장 유력한 경쟁자로 지목했으니 적잖이 자존심이 상했을 터였다.

그러나 언제까지 천둥벌거숭이처럼 날뛰게 할 수는 없는 일이었다.

한수는 참교육을 제대로 해줘야겠다고 생각했다.

동시에 그가 공을 발끝으로 톡톡 차며 드리블을 시작했다.

프리미어리그뿐만 아니라 한수 머릿속에는 챔피언스리그에서 뛴 선수들의 경험 및 지식과 가득 들어 있었다.

물론 개중에는 바르셀로나 최전성기 시절의 리오넬 메시도 존재했다.

시간이 지나면 선수들은 차츰 기량이 쇠퇴하게 되고 체력적인 문제로 전성기 때 실력을 다시 보여주기 어려워하는 게 사실이지만 한수는 달랐다.

그는 이제 스물네 살이었고 아직 젊음이 창창했다.

게다가 「IBC Sports」에 관한 경험치를 100% 모두 확보했으며 원하는 선수는 그 실력을 모두 그대로 발휘할 수 있는 상태였다.

머릿속에 존재하는 모든 선수를 그대로 재현해내는 것이 가능하다는 의미였으며 거기에는 또 하나 특별한 혜택이 존재했는데 그것은 바로 기복 없는 플레이가 가능하다는 이야기였다.

실제로 한수가 컴퓨터 패스를 구사할 수 있는 것도 머릿속에 있는 텔레비전을 통해 중계된 플레이를 그대로 재현해내는 것이기 때문이었다.

즉, 한수는 매 순간 하이라이트만 반복해서 플레이할 수 있다는 의미였다. 한수는 발 빠르게 움직이며 양발로 드리블을 치기 시작했다.

리오넬 메시나 이니에스타하면 떠올리는 기술인 라 크로케타(La Croqueta), 다른 말로는 팬텀 드리블(Phantom Dribble)이라고 불리는 기술이 순간적으로 펼쳐졌다.

그러나 한수와 달리 네이마르는 전문 디펜더가 아니었다.

"어어?"

당황하는 사이 한수가 발 빠르게 네이마르를 헤집고 지나갔다.

"제기랄!"

네이마르가 한수 뒤를 쫓기 시작했지만 이미 한수에게 가속도가 붙기 시작했다.

그리고 한수는 자신을 향해 지역 방어를 펼치며 들어오는 바르셀로나 선수들을 바라봤다.

다 합쳐서 네 명이 넘는 선수들이 한수를 향해 포위망을 좁히고 있었다.

그러나 한수는 연속해서 라 크로케타를 펼치며 순간적인 가속도를 이용해 연거푸 드리블을 시전했다.

폭발적인 스피드를 이용해서 3연속 라 크로케타를 성공시킨 한수가 그대로 골문을 향해 슈팅을 때렸다.

콰앙-

위력적인 슈팅이 골문을 향해 매섭게 파고들었다.

그렇지만 바르셀로나 골문을 지키고 있던 테어 슈테겐(Marc Andre ter Stegen)이 가까스로 공을 쳐내는 데 성공했다.

"아오!"

"저게 안 들어가다니!"

맨체스터 시티 벤치에서 탄식이 터져 나왔다. 그들 모두 애석한 얼굴로 소리치고 있었다.

"바, 방금 보셨습니까? 이, 이걸 뭐라고 말해야 할지…… 안문호 해설님, 이건 도대체 뭐였습니까?"

"하하, 예전에 한번 리오넬 메시 선수가 챔피언스리그 조별예선에서 라 크로케타를 세 번 연속 펼치면서 상대 수비를 뚫어낸 적이 있습니다. 그러나 아깝게 골로 연결시키지 못했죠. 저는 오늘 전성기 시절의 리오넬 메시 선수를 보는 줄 알았습니다."

안문호 해설이 극찬을 쏟아냈다.

하지만 그 누구도 그 말을 반박할 수 없었다.

그 정도로 조금 전 한수가 보여준 플레이는 경이로울 정도였다.

국내에는 아침 일찍 일어나서 경건한 마음으로 경기를 지켜보는 팬들이 적지 않았다.

배준혁은 그런 해외 축구 팬 중 한 명이었다.

처음에만 해도 뜨내기 팬이었던 그는 만수르가 맨체스터 시티를 인수하고 "진정한 부가 무엇인지 보여주겠다"라고 한 뒤로 맨체스터 시티의 팬이 되었다.

그것은 평소 언더독을 좋아하는 그의 성향이 반영된 것이기도 했다.

실제로 시카고 컵스가 우승하기 전까지만 해도 그는 시카고 컵스의 팬이었다.

물론 MLB에 대해 아는 건 많이 없었지만 거의 백 년 넘게 우승을 해보지 못했다는 말에 자연스럽게 그들을 응원하게 된 것이었다.

어쨌든 국내에는 맨체스터 유나이티드 팬들이 워낙 많았다.

박유성 선수 때문이었다.

그래서 배준혁은 내심 맨체스터 시티에도 한국인 선수가 뛰었으면 하는 바람이 있었다.

　　아스널에서 한 번 뛰었다가 그 뒤 벤치워머로 전락한 그런 선수가 아닌 박유성처럼 주전급으로 뛰는 선수를 원했다.

　　그러다가 맨체스터 시티가 강한수를 1,800만 파운드를 들여 영입했다는 소식을 들은 뒤 그는 기겁할 수밖에 없었다.

　　첫 한국인 선수가 강한수인 것도 애초에 납득이 안 갔고 도대체 뭘 보고 그에게 그런 돈을 투자한 건지 이해할 수 없었기 때문이다.

　　하지만 이틀 전 바이에른 뮌헨을 상대로 한 첫 경기를 보고 그는 스스로 「축알못」임을 반성해야 했다.

　　그리고 오늘.

　　바르셀로나를 상대로 한 두 번째 경기.

　　배준혁은 오늘을 엄청 고대하고 있었다.

　　그래서 평소 올빼미에 가깝던 생활 습관을 버리고 저녁 열 시가 되자마자 잠든 뒤 새벽녘부터 일어나서 오늘 경기를 기다리는 중이었다.

　　그러다가 경기 시작 후 강한수가 바르셀로나를 상대로 3연속 라 크로케타를 선보였을 때 그는 순간적으로 오르가즘이라는 게 무엇인지 알 것 같았다.

　　전율이 온몸을 타고 흐르고 있었다.

"아, 그래. 이거야! 이거지!"

그는 다급히 인터넷 사이트에 접속했다. 해외축구 중계 게시판에는 강한수를 찬양하는 글들 일색이었다.

그 역시 "갓한수 찬양해!"라고 댓글을 남긴 뒤 이번에는 맨체스터 시티 팬카페에 접속했다.

하지만 맨체스터 시티 팬카페 분위기는 대단히 우중충했다.

그들은 강한수가 맹활약을 펼치고 있는 것에 기뻐하면서 한편으로는 그가 1년 계약만 맺었다는 걸 대단히 아쉬워하고 있었다.

-아, 솔직히 1년 계약 완전 호구딜 아닙니까? 1,800만 파운드 주고 1년만 쓴다는 거 너무하잖아요.

-그렇죠. 적어도 5년 계약 정도는 했어야죠. 항의서한 보내볼까요?

-항의서한이라기보다는…… 요구를 해야죠. 강한수하고 연장계약 좀 맺어달라고.

-그런데 강한수 본인이 내년에는 뛸 생각 없다고 하던데요? 내년에 바로 은퇴한대요.

-아, 진짜 너무하네. 우리도 드디어 박유성 선수 같은 선수 생겨서 자랑할 수 있게 됐다고 생각했는데…….

-근데 진짜 장난 아니네요. 안문호 해설도 이야기했지만, 저 순간 리오넬 메시 동영상 떠올린 거 있죠? 강한수는 텔레비전에 나오는 사람을 그대로 따라 할 수 있기라도 한 걸까요? 요리도 그렇고, 생존도 그렇고.

-그러고 보니 저도 의문이 있긴 한데 「내가 생존왕」 촬영할 때 강한수가 베어 그릴스가 방송에 나와 보여준 모습을 거의 똑같이 따라 했다고 하더라고요.

-학창시절에 텔레비전만 매일 본 건가?

-어쨌든 그건 중요한 게 아니고 중요한 건 1년밖에 못 써먹는다는 거죠. 어후, 주급도 많이 받는 걸로 아는데…….

-아쉽네요, 아쉬워.

맨체스터 시티 팬카페의 의견은 비슷했다.

대부분 한수를 1년밖에 못 본다는 걸 아쉬워하고 있었다.

처음 한수가 맨체스터 시티로 이적했을 때 대부분 과소비를 하고 있다고, 무리한 도박이라고 주장한 것과는 백팔십도 바뀐 의견들이었다.

펩 과르디올라는 바르셀로나를 상대로 중원을 헤집는 한수의 플레이를 보고 만족스러운 미소를 지었다.

처음 한수를 본 날 그는 느꼈다.

강한수의 플레이에는 남들과는 비교할 수 없는 특별한 무언가가 있다는 것을 말이다.

그것은 리오넬 메시나 크리스티아누 호날두에게서도 보지 못한 정말 특별한 것이었다.

특별했던 한수의 라 크로케타 이후 계속해서 경기가 이어졌다. 그리고 한수는 이번에도 자로 잰 듯한 크로스를 여러 차례 선보이며 바르셀로나 선수들의 간담을 서늘케 했다.

그러나 번번이 아게로나 케빈 더 브라이너, 르로이 사네 등이 한수가 띄워 올린 크로스를 놓치며 이렇다 할 골이 터져 나오질 못했다.

그래도 한수의 플레이는 명품 그 자체였다.

맨체스터 시티 팬들은 물론 바르셀로나 팬들까지 기립박수를 보낼 만큼 또 한 번 최고의 경기력을 잔뜩 뽐낸 한수는 전반전이 끝나기 5분 전 교체됐다.

아까 전 네이마르의 태클 때문에 펩 과르디올라가 조금 더 이른 시간에 교체를 강행한 것이었다.

경기는 0 대 0 무승부로 끝이 났다.

위협적인 장면은 맨체스터 시티가 많이 만들어냈지만 골 결정력에서 아쉬움이 많았다.

경기가 끝난 뒤 양 팀 선수들이 유니폼을 서로 교환하며 인사를 주고받았다. 한수도 유니폼을 교환하기 위해 선수들을 찾을 때였다.

네이마르가 한수에게 다가왔다. 그가 스페인어로 한수에게 말을 건넸다.

"나하고 유니폼 바꿀까?"

그때였다.

네이마르를 밀치고 한 선수가 한수에게 걸어왔다. 그가 유니폼을 벗어 건네며 말했다.

"오늘 최고였어. 펩이 왜 그런 말을 했는지 알 것 같더군. 나하고 유니폼, 교환해 주겠지?"

그는 리오넬 메시였다.

한수는 네이마르를 뒤로 한 채 리오넬 메시와 유니폼을 교환했다. 한수는 프리미어리그 광팬이었지만 챔피언스리그도 줄곧 봤고 개중에서 가장 눈에 띄던 선수는 단연 리오넬 메시였다.

그렇게 선망했던 선수와 유니폼을 교환한 건 한수에게 있어서는 꽤 의미 있는 일이었다.

경기가 끝난 뒤 맨체스터 시티 선수단은 다시 호텔로 돌아왔다. 이제 한동안 경기는 없을 예정이었다.

앞으로 닷새 뒤 디펜딩 챔피언인 레알 마드리드와 마지막 일전을 벌일 예정이었다.

경기 전까지 맨체스터 시티 선수들은 하루 푹 쉰 다음 그다음 날 이곳 캘리포니아에서의 일정을 소화할 예정이었다.

이곳 미국까지 날아와서 단순히 경기만 하고 돌아가는 건 아니었다.

유소년 선수들과 함께 경기한다거나 혹은 근처 요양원이나 고아원, 병원 등에서 자원봉사를 하는 등 맨체스터 시티 및 선수들의 이미지 메이킹도 필수였다.

한편 경기가 끝난 뒤 호텔로 돌아온 펩 과르디올라는 재차 오늘 오전에 있었던 경기를 복기하며 선수들의 움직임을 살폈다.

그는 완벽주의자였다. 하루도 쉬는 날이 없었다. 어쩌면 그것이 그를 최정상으로 끌어올린 것일지도 몰랐다.

지난 시즌 그는 풀백의 중요성을 실감했고 거액을 들여 여러 선수를 영입했다.

카일 워커(Kyle Walker), 다닐루(Danilo), 그리고 벤자민 멘디(Benjamin Mendy)까지 이들 세 명을 영입하는데 쏟은 돈만 해도 1억 4,450만 유로였다.

그리하여 17-18시즌 나름 괜찮은 성과를 거뒀지만, 여전히 부족했다.

다비드 실바는 점점 나이를 먹어가며 예전에 비해 아쉬운 움직임을 보이고 있었고 그나마 믿을 만한 선수는 케빈 더 브라이너 한 명뿐이었다.

그때 펩 과르디올라의 눈길을 확 사로잡은 선수가 바로 강한수였다.

이번 시즌 한수가 맨체스터 시티에서 뛰는 만큼 펩 과르디올라는 무조건 챔피언스리그 우승컵을 들어 올려야 한다고 생각하고 있었다.

그는 계속되는 설득에도 단 한 시즌만 맨체스터 시티에서 선수 생활을 한 뒤 은퇴하겠다고 선언했기 때문이다. 다른 구단으로 이적한다는 것도 아닌데 그것을 말릴 수는 없는 노릇이었다.

"오늘 경기를 다시 보고 계십니까?"

"그렇습니다. 확실히 한스는 어메이징합니다. 어떻게 저런 패스가 가능한지 이해가 안 갈 정도예요."

펩 과르디올라는 경기를 재차 돌려보며 혀를 내둘렀다.

도미네크 토렌트 코치가 고개를 끄덕였다.

그 역시 조금 전 펩 과르디올라 감독과 함께 경기를 직관했고 강한수의 패스 능력에 소름이 돋은 적이 한두 번이 아니었다.

"확실히 그는 사비를 생각나게 합니다."

바르셀로나의 6관왕을 이끌었던 패스 마스터 사비.

펩 과르디올라의 말은 극찬이나 다름없었다.

"예, 거기에 데이비드 베컴도 겹쳐 보이더군요."

"놀라운 선수죠. 대한민국 축구협회에도 공문을 보내 알아봤지만 일 년은커녕 한 달도 축구 선수로 뛰어본 적이 없다더군요."

"뭐, 그건 더 이상 중요치 않습니다. 우리는 일 년 동안 그와 함께 경기를 뛰면서 최종적인 목표를 이루기만 하면 되니까요."

누구나 목표로 하는 것.

챔피언스리그 우승.

펩 과르디올라는 이번 시즌을 바로 그 적기로 생각하고 있었다.

선수들에게 하루 휴가가 주어졌다.

선수들은 몇몇이 모여 샌프란시스코 관광을 떠났다.

한수는 다비드 실바 그리고 케빈 더 브라이너와 함께 뭉쳤다.

세 사람이 향한 곳은 로스앤젤레스에 있는 유니버셜 스튜디오였다. 세계 최대의 영화, TV 촬영 스튜디오 및 테마파크가 있는 곳이었다.

유니버셜 스튜디오 LA 정문에 위치한 지구본 형상 앞에서 사진도 찍고 영화 속에서 등장하는 세트도 둘러보는 등 실컷 관광을 즐기며 그들은 평화로운 일상을 보냈다.

몇몇 사람이 그들을 알아봤지만 가까이 접근하는 사람은 없었다.

한국에서는 연예인이 나타났다면서 달려들었을 테지만 서양은 상대적으로 그 상대의 프라이버시를 존중하는 문화가 발달한 덕분이었다.

그 덕분에 별다른 문제 없이 유니버설 스튜디오를 둘러보던 그때 세 남자의 눈길을 사로잡은 건 스튜디오 투어(STUDIO TOUR)였다. 그리고 그들은 스튜디오 투어 도중 실제 영화 촬영 현장도 볼 수 있었다.

그렇게 하루 관광을 마치고 돌아오는 동안 한수가 다비드 실바를 보며 물었다.

"다비드, 진짜 이번 시즌 끝나고 은퇴할 거야?"

"아마도? 중국 리그에서 뛸 생각은 없으니까."

"그래? 이렇게 빨리 은퇴하려는 이유가 있어?"

다비드 실바는 18-19시즌이 끝나는 대로 은퇴를 준비 중이었다. 그는 86년생으로 이번 시즌이 끝나면 한국 나이로 33살이 된다. 축구 선수로서는 황혼기를 맞이하고 있는 셈이다.

실제로 다비드 실바는 스스로 체력이 부침을 느끼고 있었다.

발렌시아에서 맨체스터 시티로 이적한 뒤 에이스 역할을 줄

곧 해온 다비드 실바였지만 세월의 흐름을 막는 건 불가능했다.

"슬슬 은퇴해야겠다는 생각이 들고 있거든. 그래도 가급적이면 빅이어는 한번 들어 올린 뒤 은퇴하고 싶어."

다비드 실바가 웃으며 말했다.

그에게 딱 하나 남은 소원이 있다면 그것은 맨체스터 시티 유니폼을 입고 빅이어를 들어 올리는 것이었다.

그러나 맨체스터 시티는 17-18시즌까지 챔피언스리그 4강 진출이 최대 업적이었다.

우승은커녕 결승전에도 진출해 본 역사가 없었다.

만약 챔피언스리그에서 우승할 수만 있다면 그들이 새로운 역사를 써 내려가게 되는 것이었다.

역사에 이름을 남긴다는 것만큼 멋진 일도 없을 터였다.

한수가 그 말에 자신을 가리키며 호언장담을 했다.

"걱정 마, 그래서 내가 이번 시즌 맨체스터 시티에 합류한 거라고."

"하하, 네가 그렇게 말하니까 더 안심되는데? 문제는 상대가 죄다 만만치 않다는 거야. 그렇다 보니 이번 시즌도 목표는 4강 진출로 잡고 있긴 해."

프리미어리그에도 쟁쟁한 팀이 많았지만 챔피언스리그로 나가보면 엄청난 강자들이 즐비했다.

요 몇 년 사이 바르셀로나가 주춤하는 모습을 보였지만 레알 마드리드와 바이에른 뮌헨, 유벤투스가 자신의 왕조를 굳건히 했고 그뿐만 아니라 오일 머니나 황사 머니를 등에 업고 파리 생제르맹이나 AC 밀란 같은 팀들도 치고 나오려 하고 있었다.

3시드에 배정된 맨체스터 시티 입장에서는 쟁쟁한 강호들과 한 조에 편성되는 걸 피할 수는 없을 터였다.

"4강 진출…… 현실적인 목표이긴 하지만 그래도 꿈은 크게 잡아야 하지 않겠어?"

"그래. 우리 신입생이 그렇게 말하는데 이왕이면 우승을 노려야겠네. 하하."

다비드 실바가 쓴웃음을 지었다.

이번 시즌 막 맨체스터 시티에 입단한 한수와 달리 다비드 실바는 2010년 7월 맨체스터 시티에 합류한 이후 벌써 여덟 시즌째 맨체스터 시티에서 뛰고 있었다.

점점 더 자본이 집중되고 몇몇 초거대 클럽만 전력 상승이 가능한 지금 구조에서 챔피언스리그 우승은 험난한 길이 될 것임이 분명한 사실이었다.

홍안의 청년 케빈 더 브라이너가 자신감 넘치는 목소리로 소리쳤다.

"그래도 도전은 해봐야지! 이번 시즌만 이 녀석하고 함께 뛸 수 있는 거잖아."

그때 한수가 다비드 실바를 쳐다보며 물었다.

"냉정하게 4강 진출을 목표로 삼아야 한다고 했잖아. 그럼 이번 시즌 챔피언스리그 우승팀은 누가 될 거라고 생각해?"

"레알 마드리드."

다비드 실바가 단호한 목소리로 말했다. 케빈 더 브라이너도 자신감 잃은 얼굴로 슬그머니 고개를 끄덕였다.

한수가 그 말에 고개를 끄덕거렸다. 현재 레알 마드리드는 챔피언스리그 3연패를 기록 중이었다.

17-18시즌 라 두오데시마(La Duodecima)를 달성했던 레알 마드리드는 18-19시즌에도 챔피언스리그 정상에 오르며 라 데시모테르세라(La Decimotercera)를 달성한 상태였다.

게다가 18-19시즌에는 프리메라리가 우승과 함께 코파 델 레이에도 우승하며 트레블을 차지하는 등 황금기를 구가하고 있었다.

결국, 챔피언스리그 우승을 차지하기 위해서는 갈락티코(Galactico)로 불리는 은하군단 레알 마드리드를 꺾어야 한다는 의미였다.

"반드시 꺾어야 하는 숙적이지."

"이번 프리시즌에 상대해보면 알 수 있겠지. 얼마나 강한지."

"그래 봤자 2군 위주로 기용할 거야. 뭐, 그것만으로도 전력을 확인해 보는 데는 여러모로 도움이 되겠지만."

두 사람의 이야기를 듣던 한수가 입술을 깨물었다.

그가 맨체스터 시티에 입단한 단 하나의 이유, 챔피언스리그 우승.

챔피언스리그 우승을 위해서는 반드시 레알 마드리드를 꺾어야만 했다.

호텔로 돌아온 뒤 각자 희망하는 곳을 고르기 시작했다. 이번에 맨체스터 시티가 방문하기로 한 곳은 지역 유소년 클럽과 로스앤젤레스 아동병원이었다.

선수들은 둘 중 한 곳을 골라야 했는데 대부분의 선수들이 선호하는 곳은 지역 유소년 클럽이었다.

아무래도 그들 대부분 어렸을 때부터 축구만 해오다 보니 상대적으로 누군가를 간호하고 돌보는 일은 익숙지 않은 게 분명한 사실이었다.

그때 아직까지도 선택을 내리지 못한 한수를 보며 케빈 더브라이너가 물었다.

"한스, 너는 어디 갈 거야? 유소년 클럽?"

"음, 글쎄. 고민 중이야."

한수는 생각에 잠겼다.

지역 유소년 클럽에 방문해서 미래의 축구 선수가 되고 싶어 하는 아이들을 돕는 것도 그 아이들 기억에 남을 수 있는 좋은 일이었다.

케빈 더 브라이너가 한수를 보며 말했다.

"네가 고르는 곳에 나도 갈 테니까 신중하게 고르라고. 브로."

자신보다 3살 더 많은 케빈 더 브라이너의 말에 한수가 미소를 지었다. 그하고 룸메이트가 되어서 다행이라는 생각이 들 때가 많았다.

"결정했어."

"어딘데? 역시 지역 유소년 클럽이겠지?"

한수가 고개를 저었다.

"아니, 로스앤젤레스 아동병원에 가려고."

"뭐? 왜?"

"도메네크 코치 얼굴 좀 봐. 죄다 지역 유소년 클럽으로 쏠려서 곤란해하고 있잖아. 그리고 질병 때문에 힘들어하는 아이들을 위로해주는 것도 훌륭한 일이라고 생각해."

"……후, 알았어. 나도 사실은 로스앤젤레스 아동병원을 가야겠다고 마음먹고 있었어."

"좋아, 코치한테 이야기하고 올게."

그리고 맨체스터 시티 선수들이 두 팀으로 나뉘었다. 케빈 더 브라이너의 표정이 어두워졌다. 병원에 가서 자신이 무엇을 할 수 있을지 곤란해하는 것 같았다.

그러나 로스앤젤레스 아동병원에 간다고 해서 그들이 환자를 치료하는 건 아니었다. 어디까지나 그들이 하는 일은 자신을 알아보는 어린아이들과 대화를 하고 함께 놀아주는 것 정도면 충분했다.

애초에 그럴 목적으로 아동병원에서도 이런 대형 클럽과 연계해서 유명인과의 만남을 주선하고 있는 것이기도 했다.

선수들이 두 부류로 나뉘었고 그들은 각각 지역 유소년 클럽과 로스앤젤레스에 있는 아동병원으로 향했다.

로스앤젤레스 아동병원으로 가는 버스 안에서 케빈 더 브라이너가 한수를 보며 물었다.

"애들 돌볼 줄은 알아?"

"글쎄, 처음 해보는 거라서……."

한수가 어색하게 웃었다.

애들을 돌보는 건 한수도 처음 경험해 보는 일이었다.

「유아」 카테고리를 확보했고 그와 관련 있는 채널도 확보하긴 했지만 그게 실질적으로 아이들을 돌보는데 얼마나 도움이 되어 줄지는 알 수 없는 일이었다.

애초에 미국 아이들이 한국 아이들과 같은 프로그램을 보며 자라는 것도 아니니까.

대형 버스를 타고 이동한 끝에 그들은 로스앤젤레스 아동병원에 도착할 수 있었다.

흰색 가운을 입은 의사가 버스에서 내리고 있는 맨체스터 시티 선수들에게 다가와서 말했다.

"다들 부담감이 적지 않으실 거라는 거 알아요. 그러나 걱정하실 필요 전혀 없어요. 아이들은 여러분이 이곳에 왔다는 것만으로도 정말 좋아하고 있어요. 그저 아이들이 하고 싶어 하는 걸 함께 해주시면 그걸로 충분하답니다."

케빈 더 브라이너가 그 말에 고개를 끄덕였다.

무슨 일을 하고 싶어 할지 모르지만, 충분히 도움이 되어줄 수 있을 터였다.

그렇게 케빈 더 브라이너가 간호사들 뒤를 쫓아갔을 때 중년 간호사가 한수에게 다가왔다.

"한스, 맞죠? 여기서 당신을 보게 될 줄이야."

"아, 예. 제가 도와드릴 일이 있을까요?"

"그럼요. 아이들이 한스 씨를 얼마나 보고 싶어 했는지 몰라요. 함께 가요."

한수도 그녀 뒤를 쫓았다.

그리고 그는 병동 곳곳에서 자원봉사 중인 몇몇 대학생들을 볼 수 있었다.

"저들은……"

"샌프란시스코 예술대학에서 와주신 분들이에요. 그림이 아이들 정서에 좋아서 이래저래 많은 도움이 되어주시고 있어요. 한스 씨도 그림을 그리실 줄 아나요? 아이들이 무척 좋아할 거예요."

한수가 고개를 끄덕였다.

「유아」는 몰라도 「애니메이션」을 통해 카툰 그리는 법을 배워둔 한수다. 그거 하나만큼은 자신 있었다.

한수는 곧 아동병원에 입원 중인 소아암 환자를 만나볼 수 있었다.

그가 만난 건 아직 앳되어 보이는 어린 여자아이였다. 머리를 민 그녀는 수줍은 얼굴로 한수를 보고 있었다.

"인사하렴. 네가 그렇게 보고 싶어 하던 분이 오셨단다."

그녀가 어색하게 웃으며 인사를 건넸다.

"아, 안녕하세요."

한수는 그녀 말에 깜짝 놀랄 수밖에 없었다.

조금 더듬거리긴 했지만 놀랍게도 그녀가 건넨 인사는 한국어였다.

"한국어를 할 줄 알아요?"

"조금요."

"어떻게 하다가 한국어를 배우게 된 거예요?"

"병원에만 계속 누워 있다 보니까 유튜브를 자주 보게 됐는데 그러다가 케이팝을 알게 됐어요. 그 이후에는 줄곧 한국 예능 프로그램을 봤고요. 거기서 한스! 당신도 알게 됐어요."

한수는 그녀 말에 놀라움을 감출 수 없었다. 만약 자신이 유소년 축구 클럽에 갔었더라면 그녀를 만나보지 못했을 것이다. 그런데 이곳에 와서 자신의 팬을 만나게 되니 감회가 남달랐다.

한수가 그녀를 보며 물었다.

"제가 출연한 프로그램 중에서 어떤 게 가장 좋았어요?"

그녀는 일말의 주저함도 없이 웃으며 대답했다.

"「싱 앤 트립」이요."

「싱 앤 트립」은 「무엇이든 만들어드려요」의 뒤를 이어 5월 11일부터 TBC 채널에서 방송되기 시작했다.

역대 케이블 TV 예능 프로그램 가운데 최고의 시청률을 기록 중인 「싱 앤 트립」은 런던에서 버스킹을 한 한수와 권지연을 조화롭게 살려냈다는 점에서 높은 평가를 받고 있었다.

「싱 앤 트립」은 모두 10부작으로 기획이 되었는데 지난주 막방이 나가고 이번 주 금요일에 감독판이 특별하게 방송을 타는 것으로 알고 있었다.

내일 한수는 호텔에서 푹 쉬며 스마트폰을 이용해서 TBC 채널을 볼 생각이었다. TBC 채널은 이미 확보해 둔 상태였기에 가능한 일이었다.

한수가 그녀를 보며 물었다.

"「싱 앤 트립」은 몇 화까지 본 거예요?"

"8화까지 봤어요. 유튜······브에 영어 자막을 붙여서 올려주는 사람이 있거든요. 그 사람이 업로드해 줄 때마다 꾸준히 보고 있었어요."

"그래요? 업로더가 누구예요?"

"제시 리에요. 그녀 덕분에 한스를 알게 된 미국인들도 꽤 많을 거예요."

한수는 그녀 휴대폰을 확인했다.

제시 리(Jessi Lee)라는 업로더가 자신의 유튜브 채널에 그동안 한수가 출연했던 모든 예능 프로그램에 영어 자막을 달아서 꾸준히 업로드 중인 게 보였다.

'누구지?'

보통 수고로운 일이 아닐 텐데도 불구하고 이렇게 성심성의껏 해주고 있다는 게 대단했다.

그것도 잠시 한수가 그녀를 보며 물었다.

"그러고 보니 통성명도 제대로 못 했네요. 이름이 어떻게 돼요?"

"엘라노어에요. 친구들은 저를 엘리라고 불러요."

"그럼 저도 엘리라고 불러도 될까요?"

"……네, 괜찮아요. 엘리라고 불러주세요."

한수는 엘리를 바라봤다.

그녀는 아직 앳되어 보였다. 열한 살에서 열두 살 정도?

그런데 바깥에 나가서 친구들과 어울리지 못하고 이렇게 비좁은 병실에 갇혀 지내야 한다는 게 안쓰러웠다.

한수가 그녀를 보며 물었다.

"여기까지 온 김에 엘리를 위해서 무언가 해주고 싶은데 제게 바라는 게 있어요?"

"……어, 솔직히 저는 축구에 대해 잘 몰라요. 그래서 축구 선수인 한스는 조금 낯설기도 해요. 제가 아는 한스는 싱어이고 쉐프였었거든요."

"이해해요."

"괜찮다면 노래 한 곡 불러주실 수 있어요?"

한수는 흔쾌히 고개를 끄덕였다.

병마와 싸우고 있는 아이다.

그녀에게 용기를 불어넣어 줄 수 있다면 노래 한 곡 불러주는 건 어렵지 않았다. 한수가 엘리를 보며 물었다.

"꿈이 뭐에요?"

"저요? 음, 한스처럼 노래를 잘 부르는 가수가 되고 싶어요."

가수.

그녀 말에 한수 머릿속을 스치고 지나가는 노래가 하나 있었다. 힘든 사람에게 힘을 주고 용기를 불어넣는 노래다. 그래서 가사도 주저앉지 말고 일어날 것을 이야기하고 있다.

MR도 없고 악기도 없고 아무것도 없었다. 그러나 한수는 육성으로만 노래를 시작했다.

여가수의 노래인 탓에 일부러 가성으로 고음을 소화했다.

그가 선택한 곡은 데스티니스 차일드(Destiny's Child)의 「Stand up for love」라는 곡이었다.

There are times I fint it hard to sleep at night.
잠들기 힘든 밤이 있다는 걸 알게 됐어요.

잔잔하면서 감미로운 목소리가 흘러나왔다.

그의 목소리는 엘리가 있던 병실을 뒤덮고 모자라서 점점 그 주변으로 퍼졌다.

엘리는 두 눈을 감은 채 한수가 부르는 노래를 귀 기울여 듣기 시작했다.

가슴이 쿵쾅거렸다.

얼굴이 새빨갛게 달아올랐다.

유튜브를 통해 봤을 때도 그는 정말 눈부시게 빛났었다.

그가 부르는 노래가 빛을 내뿜어서였다.

그리고 오늘 이렇게 라이브로 듣게 된 그의 노래는 사랑에 푹 빠지게 만드는 그런 달콤한 미약 같은 것이었다.

4분 26초밖에 안 되는 노래였다. 그러나 그 여운은 생각보다 훨씬 오래갔다.

노래가 끝나고 엘리는 한수를 빤히 바라보며 물었다.

"축구 선수 그만두고 노래 부르면 안 돼요?"

"……어?"

한수 옆에 붙어 있던 맨체스터 시티 구단 직원이 당혹스러운 얼굴로 한수를 쳐다봤다.

한수가 멋쩍게 웃으며 입을 열었다.

"미안하다. 한 시즌은 맨체스터 시티 선수로 뛰기로 했어. 약속은 지키라고 만들어진 거잖아. 이해해 줄 거지?"

"치, 그럼 그 한 시즌 끝나면 다시 노래 불러줄 거죠?"

"그래야지, 이렇게 예쁜 팬이 내 노래를 듣고 싶어 한다는데 당연히 불러야지."

"고마워요."

엘리는 수줍은 듯 고개를 숙였다. 그리고 인기척에 주변을 둘러봤을 때 한수는 병실 근처를 메우고 있는 아이들을 볼 수 있었다.

이들 모두 소아암을 앓고 있는 아이들이었다.

한수의 노랫소리를 듣고 이곳으로 몰려온 게 분명했다. 개중에는 케빈 더 브라이너도 있었다.

그는 얼빠진 얼굴로 한수를 보며 말했다.

"와, 진짜 너……."

"그렇게 존경스러운 눈빛을 보내지 마. 안 그래도 돼."

"……욕 나온다."

"크큭."

한수가 웃음을 흘렸다. 아이들뿐만이 아니었다.

샌프란시스코 예술대학에서 왔다는 미대생들도 빼꼼히 고개를 내밀고 있었다. 그러다가 한수는 그들 중에서 낯익은 얼굴을 한 명 보게 되었다.

'설마?'

그러나 그것도 잠시 한수는 신경을 껐다. 그녀가 맞든 맞지 않든 한수가 상관할 일은 아니었다. 그 날 과외를 하지 않는다고 했을 때 이미 끝난 인연이었다.

국내에 있는 명문대에 진학하길 바라든 극성스럽든 그녀 엄마가 생각났다.

그러나 수험생을 둔 많은 엄마가 그러했다. 한수도 어렸을 때는 왜 그렇게 유난을 떠는지 그들을 이해하지 못했지만, 나이를 먹어가면서 조금씩 깨닫는 게 있었다. 그녀들이 그렇게 극성을 떨어대던 것도 다 자식 사랑이었다는 것을 말이다.

괜히 '공부가 세상에서 제일 쉬웠어요'라는 말이 나오는 게 아니다.

예체능 계열은 노력보다는 재능이 더 필수적이니까. 그래도 자신의 꿈을 찾고 이런 타지에서 자원봉사 활동 중인 그녀를 보게 되니 가슴이 뭉클했다.

극성스럽던 엄마의 속박에서 벗어난 그녀의 표정은 그 날 그 칙칙했던 표정과 달리 엄청 밝아 보였기 때문이다.

그것도 잠시 한수는 그녀에 대한 생각을 뒤로 한 채 아이들과 놀아주는 데 집중하기 시작했다. 그리고 한수가 「애니메이션」을 확보하며 얻게 된 「카툰」 관련 능력이 여기서 빛을 발휘했다.

한수는 능수능란하게 마블 코믹스에 등장하는 캐릭터들을 새하얀 종이에 그리기 시작했다.

예전이었으면 상상도 못 할 일이었다. 능력을 얻기 전까지만 해도 한수가 그린 인간은 졸라맨에 불과했으니까.

그러나 지금 한수가 스스슥 하면서 그리는 건 마블 코믹스에 나오는 히어로즈들이 분명했다. 그것도 각각의 특색을 살려낸 그림이었다.

"우와~ 저, 저는 엘사! 엘사 그려줘요!"

엘리가 눈을 휘둥그레 떴다. 그녀는 한수를 빠히 쳐다봤다.

그녀한테 한수는 고깔모자를 쓴 마법사를 보는 것 같았다. 원하는 건 무엇이든 해내는 그런 특별한 능력을 가진 마법사였다.

노래를 불러달라고 하니까 사람을 순식간에 잡아당기는 그런 노래를 불렀고 그림을 그려달라고 하니까 마블 코믹스에 나오는 영웅들을 단숨에 만들어냈다.

게다가 그녀가 본 한국 예능 프로그램에 따르면 그는 요리도 잘했다.

그렇기 때문에 엘리 눈에 비친 한수는 마법사였다.

온갖 요술을 다 부릴 수 있는 마법사. 물론 그녀 생각을 한수의 친구들이 알았으면 다른 식으로 생각했을 테지만.

물론 메테오를 쓰려면 최소 6년은 더 남아 있긴 했지만 말이다.

한수는 새로운 용지에 엘사를 그려서 엘리에게 건넸다.

엘리는 살아 숨 쉬는 것 같은 엘사를 보며 환하게 미소를 지었다.

한수가 애들과 잘 어울려 노는 모습을 본 중년 간호사가 흐뭇한 표정으로 그 모습을 바라봤다. 오늘은 아이들에게 최고의 날로 기억될 듯싶었다.

"고맙습니다!"

"다음에 또 볼 수 있어요?"

엘리가 눈시울을 붉혔다. 글썽거리는 그녀 눈동자를 보며 한수가 한숨을 내쉬었다.

그는 이제 플로리다로 비행기를 타고 이동해야 했다.

레알 마드리드와의 경기는 플로리다주 마이애미에서 열릴 예정이었기 때문이다. 그렇다는 건 다시 이곳에 올 수 없다는 의미이기도 했다. 그녀도 그 사실을 모르진 않을 것이다.

그런데도 이렇게 물어본다는 건 그만큼 오늘 한수와 만난 게 특별했다는 의미이리라.

"나중에 또 이곳에 오게 되면 꼭 들릴게."

"정말이죠? 약속한 거죠?"

투명한 엘리의 눈망울을 보며 한수가 고개를 끄덕였다.

엘리가 한수를 보며 물었다.

"Pinky promise?"

한수는 대답 대신 새끼손가락을 내밀었다.

지금 엘리가 한 말은 새끼손가락을 걸고 약속할 수 있냐는 것이었다.

그렇게 약속을 한 뒤 한수는 떨어지지 않는 발걸음을 억지로 떼었다.

선수단에 다시 합류해야 했다. 케빈 더 브라이너가 그런 한수를 위로했다.

"걱정하지 마. 아까 의사 선생님한테 물어보니까 소아암은 치료 확률이 되게 높대. 네가 다시 여기 올 때쯤이면 꽤 건강해져 있을 거야."

"그래, 고맙다."

한수가 케빈 더 브라이너를 보며 어깨를 감싸 안았다.

그렇게 선수단에 합류한 뒤 그들은 비행기를 타고 플로리다 주 마이애미로 향했다.

마이애미는 플로리다반도 남동부, 비스케인만 연안에 있는 항구도시로 관광의 도시이기도 했다. 한수는 미국 드라마 CSI:Miami를 통해 마이애미를 간접적으로 체험한 경험이 있었다.

그들은 하드록 스타디움(Hard Rock Stadium)에서 레알 마드리드와 일전을 벌일 예정이었다. 2017 ICC 챔피언이자 17-18시즌 챔피언스리그 우승팀이기도 한 레알 마드리드이기에 선수단 모두 적잖게 긴장하고 있었다.

경기는 아직도 사흘 남았지만, 상대적으로 열세인 만큼 프리시즌인데도 불구하고 긴장의 끈을 바짝 조이고 있던 셈이다. 아무래도 선수들의 긴장을 풀어줄 필요가 있었다.

펩 과르디올라는 하루 더 선수들에게 휴식을 부여했다. 지금은 훈련보다 선수들이 여유를 되찾는 게 필요했다. 그것이

훗날 챔피언스리그에서 레알 마드리드를 붙게 될 때를 대비해서도 좋은 방법이었다.

그렇게 하루 더 휴식이 주어진 뒤 한수가 호텔에서 스마트폰을 보면서 피로도를 소모하고 있을 때였다.

케빈 더 브라이너가 세르히오 아게로, 다비드 실바, 다닐루, 르로이 사네 등과 함께 한수와 함께 쓰는 호텔방 안으로 들어왔다.

"뭐야?"

한수가 그들을 보며 당혹스러운 얼굴로 물었다.

그러자 르로이 사네가 손에 주렁주렁 들린 패드를 들어 보이며 말했다.

"한스! 너도 한 게임 할래?"

세르히오 아게로가 들고 있는 플레이스테이션4였다.

그들은 호텔에 비치된 텔레비전에 플스4를 연결했다. 그리고 잠시 뒤 익숙한 화면이 로딩되기 시작했다.

그것은 위닝 일레븐 2018이었다.

한수는 호텔 텔레비전에 뜬 로딩 화면을 보고 혀를 내둘렀다. 하루 휴식이 주어졌다고 고스란히 그것을 게임에 투자할지는 생각지도 못한 일이었다.

그때 레알 마드리드에서 맨체스터 시티로 이적해 온 다닐루가 한수를 보며 물었다.

"한스. 한 게임 안 할 거야?"

한수가 그 말에 멈칫했다.

히어로즈 오브 레전드도 그랬지만 한수의 게임 실력은 형편없는 수준이었다. 본인 스스로는 인정 안 하고 있지만, 남들이 보기엔 그러했다. 괜히 그가 아직도 브론즈는커녕 언랭에 머물러 있는 게 아니었다.

그래도 한수는 텔레비전을 얻기 전까지는 꾸준히 히어로즈 오브 레전드 대회도 꾸준히 찾아보고 챌린저 계급에 있는 스트리머의 방송도 정기적으로 보는 등 나름대로 열심히 노력을 기울이곤 했었다.

그렇지만 때로는 아무리 해도 안 되는 게 있을 수도 있는 법이었다.

한수에게는 게임이 그러했다. 그렇다 보니 아예 장르가 다른 위닝 일레븐이었지만 속으로 극한의 긴장감이 몰려들 수밖에 없었다.

맨체스터 시티 선수단 중에서는 극강의 친화력을 자랑하는 다닐루가 계속해서 한수를 설득했다.

"아, 한 명이 부족해서 그래. 네가 딱 껴야지만 3 대 3이 된다니까?"

지금 한수와 케빈 더 브라이너가 머무르고 있는 호텔방에

쳐들어온 건 모두 네 명이었다.

다비드 실바, 세르히오 쿤 아게로, 다닐루 그리고 르로이 사네.

한수가 빠지면 5명이 돼서 짝수일 수밖에 없는 까닭에 그들은 3 대 3팀을 나눌 생각을 하고 있었다.

결국, 다닐루를 비롯한 팀메이트들의 끈질긴 설득에 한수가 한숨을 내쉬며 말했다.

"참고로 말해두는데 나 진짜 못하거든. 그래도 괜찮아?"

"에이, 걱정 마. 못할 수도 있지."

그리고 한수도 3 대 3 내전에 끼어들었다. 이야기를 들어보니 이들 여섯 명 가운데 가장 실력이 좋은 건 다비드 실바였다. 그리고 그다음이 다닐루인 듯했다.

다비드 실바와 다닐루가 팀을 나눴다. 다비드 실바에게 르로이 사네하고 케빈 더 브라이너가 붙었다. 다닐루에게는 세르히오 쿤 아게로와 한수가 붙게 되었다.

불안해하는 한수를 다닐루가 애써 진정시켰다.

"걱정 말라고. 어차피 셋 중 두 명만 이기면 그만이야."

"그럼 누가 선발로……."

아게로가 냉큼 손을 들었다.

한수가 뒤늦게 손을 들었지만 아게로가 선봉으로 결정이 됐다. 그리고 다닐루가 두 번째에 서게 됐고 맨 마지막은 한수가 나서게 되어버렸다.

"……내 차례까지 오면 망하는 거야."

그러는 동안 다비드 실바 팀도 명단을 공개했다. 선봉은 르로이 사네였다. 두 번째는 다비드 실바였고 세 번째는 케빈 더브라이너였다. 다닐루가 귓속말로 한수에게 속닥였다.

"이 정도면 됐어. 케빈은 사실 우리 팀에서 가장 못 하거든? 내가 동남아시아의 구단을 고르고 녀석이 레알 마드리드를 골랐는데도 내가 이겼다니까? 걱정하지 말고 시작하면 무조건 레알 마드리드부터 골라. 그럼 이길 수 있어."

친절하게 한수에게 조언을 건넨 뒤 1경기가 시작됐다.

르로이 사네가 고른 팀은 분데스리가의 최강자 바이에른 뮌헨이었다. 반면에 세르히오 쿤 아게로가 고른 건 아르헨티나 국가대표팀이었다.

"국가대표도 고를 수 있던 거야?"

"그럼."

"아, 그럴 줄 알았으면 독일 국가대표팀 할걸."

르로이 사네가 투덜거렸다. 그는 독일인이었다. 그리고 독일은 2014 브라질 월드컵에서 아르헨티나를 꺾고 우승을 차지한 바 있었다.

"각오해 둬. 단 하나도 안 봐줄 테니까."

그때 준우승에 그쳤던 걸 제대로 앙갚음하겠다는 듯 아게로가 이를 악문 채 말했다.

경기가 시작됐다. 그러나 생각보다 두 사람의 실력은 별로였다. 틈틈이 사람들이 하던 위닝일레븐을 본 한수에게 두 사람은 아무리 잘 쳐봤자 히어로즈 오브 레전드로 치면 실버에 불과했다.

이 정도면 자신감을 가져도 될 것 같았다.

결국, 지지부진하던 경기는 르로이 사네의 승리로 귀결됐다.

세르히오 쿤 아게로가 인상을 구겼다. 2014 브라질 월드컵에서의 패배를 설욕하고 싶었는데 그것을 채 이루지 못한 것이었다.

두 번째 경기에 나선 건 다닐루와 다비드 실바였다. 그들은 비공식적으로 맨체스터 시티에서 위닝 일레븐 수위권을 다투고 있는 강자들이었다.

다닐루가 고른 건 친정팀 레알 마드리드였다.

위닝 일레븐 2018에서 가장 전력이 뛰어난 팀이기도 했다.

레알 마드리드를 빼앗긴 다비드 실바는 바르셀로나와 스페인 국가대표팀 그리고 발렌시아에서 고민하던 끝에 스페인 국가대표팀을 골랐다. 그래도 바르셀로나나 발렌시아에 비하면 스페인 국가대표팀의 전력이 레알 마드리드 다음으로 높았기 때문이다.

작은 거 하나하나 신경 쓸 만큼 두 사람의 실력이 나름 훌륭하다는 의미였다.

경기가 시작되고 시종일관 우위를 점한 건 다닐루였다. 그는 레알 마드리드를 이끌고 다비드 실바의 스페인 국가대표팀을 압박해 들어갔고 3 대 0으로 대승을 거머쥘 수 있었다.

"역시!"

경기에 져서 침울해하던 세르히오 쿤 아게로가 입가를 실룩거렸다.

이제 남은 건 3경기.

한수가 심호흡을 했다. 여기서 오늘 경기의 승패가 갈리게 되어 있었다. 그가 룸메이트 케빈 더 브라이너를 보며 물었다.

"케빈, 이 게임 잘해?"

"어? 그게…… 아직 조작법도 잘 몰라. 위닝한 지는 얼마 안 됐거든."

"휴, 그럼 잘됐네."

"너는 잘해?"

한수가 어깨를 으쓱이며 대답했다.

"내가 뭐 못하는 거 봤어?"

"아니, 없지."

'없기는 개뿔……'

'아니, 패스키가 있는데 왜 거기서 걷어내냐고!'

'이 자식들, 도대체 이게 뭐 하는 짓인데!'

자신만만했던 한수의 말이 물거품이 되는 데에는 몇 분 걸리지 않았다.

시작부터 패스 대신 슈팅을 때려서 관중석을 맞추더니 그 뒤에는 연거푸 되도 않는 태클을 날리며 레드카드를 받을 뻔한 위기를 자청하고는 했다.

그렇다고 케빈 더 브라이너의 실력이 좋은 것도 아니었다.

그 역시 한수 못지않은 괴상한 플레이를 보이며 경기가 루즈하게 흘러가는 데 일익을 담당하고 있었다.

만약 한 명만 못하는 거였으면 이렇게 될 일은 아니었다.

그러나 둘 다 못하기 때문에 이런 일이 발생하게 된 것이었다.

그러는 동안 경기 시간이 모두 지나갔다.

휘슬 소리와 함께 역대 최악의 졸전이 종료됐다.

스코어는 1 대 1.

한수가 다닐루를 비롯한 팀원을 보며 물었다.

"어땠어? 이 정도면 꽤 하지?"

"……."

"……."

다닐루와 세르히오 쿤 아게로가 눈살을 찌푸렸다.

차마 뭐라 말하려다가 말 못 한 다닐루와 달리 세르히오 쿤 아게로가 헛바람을 내며 말했다.

"한스, 충고 하나만 할까?"

"어? 뭔데?"

"어디 가서 게임 잘한다는 말 하지 마. 진짜 못한다, 너."

대놓고 들어온 돌직구에 한수 얼굴이 새빨갛게 달아올랐다. 그래도 오늘은 꽤 잘했다고 생각했지만 그건 아니었다.

어디까지나 상대가 케빈 더 브라이너였기에 가능했던 일이었다. 결국, 위닝 일레븐 3 대 3 대결은 무승부로 귀결됐다. 그리고 그 날 한수의 게임 실력이 저질이라는 소문이 맨체스터 시티 선수단 내부를 떠돌아다닌 건 어쩔 수 없는 일이었다.

마이애미에서 쉬면서 맨체스터 시티 선수단은 경기를 준비하기 시작했다.

미국에서의 마지막 경기가 준비되어 있었다.

상대는 레알 마드리드였다.

그 이후 그들은 18-19시즌을 준비해야 했다.

이미 마이애미는 맨체스터 시티와 레알 마드리드, 두 팀 간의 대결로 인해 부쩍 달아오른 상태였다.

도시 전체가 그들의 대결을 기다리며 열광하고 있었다. 한수는 경기장에 선 채 자리를 가득 메운 수많은 관중을 바라봤다. 그야말로 그 수를 헤아리기 힘들 만큼 많은 관중이 이곳에 모여 있었다.

바로 맨체스터 시티와 레알 마드리드의 경기를 보기 위함이었다.

한수는 후반전을 뛰기 위해 벤치에 자리하고 있었다. 전반전은 1.5군과 몇몇 유스들에게 기회가 돌아간 상태였다. 1군 선수들이 컨디션을 점검하며 뛰는 것과 달리 유스들은 악착같이 달려들며 대비되는 모습을 보이고 있었다.

그러나 경기는 시종일관 레알 마드리드에게 유리하게 진행되고 있었다.

레알 마드리드는 1군 선수들뿐만 아니라 유스 선수들도 그 실력이 남달랐다. 특히 몇몇 선수들 같은 경우 1군 무대에서 로테이션으로 뛰었다 보니 경기력에도 자신감이 붙어 있었다.

펩 과르디올라도 경기를 보며 혀를 내둘렀다.

"역시 레알 마드리드군. 스쿼드가 양질로 꽉 채워져 있어."

"그러게요. 괜히 올해도 레알 마드리드가 챔피언스리그에서 우승하며 독주체제를 구축하는 게 아니냐는 이야기가 있을 정도니까요."

두 사람이 대화를 나누는 동안 슬슬 전반전 추가타임이 끝이 났다.

펩 과르디올라가 도미네크 토렌트 코치를 향해 말했다.

"한스를 준비시키게."

"예."

레알 마드리드가 2 대 0으로 앞서나가는 가운데 후반전이 시작됐고 한수가 교체 투입됐다.

한수가 서게 된 자리는 4-2-3-1의 3중에서 가운데 미드필더 자리였다. 양쪽 날개는 르로이 사네와 케빈 더 브라이너가 섰다.

그리고 한수는 마찬가지로 교체된 레알 마드리드 선수 중에서 유독 눈에 띄는 선수를 바라봤다.

어느새 그는 발롱도르를 6개째 받으며 리오넬 메시를 제치고 발롱도르 개수로만 볼 때 단독 1위에 올라서 있었다.

물론 그건 레알 마드리드가 팀 적으로 좋은 성적을 낸 덕분이었지만 포워드로 뛰며 엄청난 활약을 보인 크리스티아누 호날두의 득점력도 무시할 수 없었다. 그 역시 후반전이 되고 경기장에 투입된 것이었다.

센터 서클을 가운데 두고 마주 서 있을 때 크리스티아누 호날두가 한수를 보며 말했다.

"바르셀로나를 상대로 한 경기 잘 봤어. 꽤 하던데?"

"고마워요, 크리스티아누."

"이번에는 살살해 주길 바랄게. 어차피 프리시즌이잖아."

크리스티아누 호날두가 눈을 찡긋 해 보였다.

익살스러운 그 모습에 한수는 입가에 미소를 그렸다.

프리시즌 세 번째 경기가 끝을 맺었다. 맨체스터 시티와 레알 마드리드의 경기. 승리를 거머쥔 건 레알 마드리드였다.

1 대 3.

크리스티아누 호날두가 헤딩골을 넣으며 달아났지만 맨체스터 시티에는 강한수가 있었다. 그리고 한수는 케빈 더 브라이너가 얻어낸 프리킥을 아름다운 궤적을 그리며 골문에 집어넣었고 그래도 한 점은 만회할 수 있었다.

그러나 이건 명백한 패배였고 챔피언스리그 우승을 노리는 맨체스터 시티에게는 현저한 전력 차이를 느끼게 한 경기였다.

그나마 바르셀로나를 상대로 무승부를 한 게 다행이라면 다행인 일이었다.

경기가 끝난 뒤 선수단은 곧장 잉글랜드로 돌아왔다.

2018-2019시즌을 준비하기 위함이었다.

그리고 그들은 맨체스터 시티의 구단주인 만수르의 융숭한 대접을 받을 수 있었다.

그가 연 연회에 초대된 맨체스터 시티 선수들은 호화스러운 파티를 즐기며 새 시즌을 앞두고 결속을 다졌다.

그러는 동안 만수르는 맨체스터 시티 선수들에게 통 큰 다짐을 해왔다.

프리미어리그에서 우승할 경우 두 배 이상된 보너스를 지급할 것이며 챔피언스리그에서 우승한다면 네 배에 달하는 보너스를 지급하겠다고 밝힌 것이다.

당연히 선수들은 그 소식에 열광적인 반응을 보였다.

결국, 프로 선수인 그들에게 그 공로를 인정해 주는 건 돈일 수밖에 없었다.

그 후 한수는 자신을 따로 찾아온 만수르를 독대하게 되었다.

만수르가 한수를 바라보며 물었다.

"지내는 데 어려움은 없나?"

"구단주님 덕분에 문제없습니다."

"자네가 한 시즌은 뛰어주겠다고 해서 언제가 될지 기다렸는데 이렇게 일찍 합류해 줄 줄은 생각지도 못했네."

"더 나이를 먹기 전 미리미리 해두자고 생각했을 뿐입니다."

"고맙군, 한스."

잠시 생각을 정리한 만수르가 한수를 보며 입술을 열었다.

"한스, 내게 빅이어를 가져다줄 수 있겠는가?"

"제가 할 수 있는 한 모든 노력을 다 기울일 겁니다. 결과는…… 장담드릴 수 없겠지만요."

"빅이어를 가져다주게. 그러면 자네가 원하는 건 무엇이든 이루어주겠네."

그리고, 그 날로부터 6개월이 지났다.

CHAPTER
2

6개월이 지나는 동안 많은 일이 있었다.

계절이 한 차례 바뀌었고 2019년이 되면서 한수는 스물네 살이 되었다.

그전에 앞서 한수는 프리시즌을 끝낸 뒤 맨체스터 시티 1군 선수 명단에 들었다. 그는 등번호 9번을 정식으로 달게 됐다.

그 후 2018-2019시즌 프리미어리그가 개막했고 1월 중순이 되었을 무렵 이미 21경기가 진행된 상태였다.

프리미어리그가 절반을 넘게 도는 동안 한수는 22경기에서 18경기(선발로 17번, 교체로 1번)를 뛰며 9골 21어시스트라는 무시무시한 기록을 쌓아나가고 있었다.

이는 2017-2018시즌 프리미어리그 도움왕을 차지했던 같은 팀 동료 케빈 더 브라이너의 20어시스트를 넘어서는 것으로 아직 경기가 16경기 더 남아 있었기 때문에 더욱더 유의미한 기록이라 할 수 있었다.

한수의 기록이 대단히 의미 있다는 것을 보여준 건 바로 겨울 이적시장이었다.

유럽 축구는 매년 두 번의 이적시장을 갖는다.

초대형 이적이 주로 이루어지는 여름 이적시장과 겨울 이적시장이 바로 그것이다.

작년 여름 이적시장에만 해도 맨체스터 시티는 많은 돈을 들이지 않았다.

재작년 풀백 세 명을 영입하는데 1억 4,450만 유로를 들인 것에 비하면 정말 조용한 이적시장이 아닐 수 없었다.

그들이 영입한 선수는 강한수 한 명뿐이었고 이적료도 보상금 개념으로 지급한 1,800만 파운드 정도에 불과했다.

그것 때문에 반발이 만만치 않았다.

맨체스터 시티 팬들은 2017-2018시즌 3위에 그쳤는데 추가적인 영입이 더 필요한 게 아니냐며 반발을 했고 그밖에 다른 클럽 팬들은 펩 과르디올라 감독이 알렉스 퍼거슨 전 맨체스터 유나이티드 감독의 실수를 되풀이하고 있다고 이야기했다.

그들이 이야기한 알렉스 퍼거슨 감독의 실수는 포르투갈 국적의 선수 베베(Bebe)를 영입한 걸 의미했다.

어린 시절 노숙자 보호시설에서 지냈던 베베는 2010년 당시 740만 파운드의 이적료로 맨체스터 유나이티드에 이적하며 사람들에게 압도적인 관심을 받았다.

그러나 그는 2010-2011시즌 고작 4경기에 출전하는 데 그쳤고 그 이후 임대 생활을 하며 맨체스터 유나이티드의 주전으로 발돋움하지 못했다.

결국, 먹튀라는 오명을 뒤집어쓴 채 이적했는데 한수를 그 베베에 비유한 것이었다.

특히 맨체스터 유나이티드 팬들의 극성이 대단했다. 그들 대부분 강한수가 베베처럼 반짝 활약을 보이다가 벤치로 밀린 뒤 이도 저도 못하고 은퇴할 것이라고 내다보고 있었다.

하지만 그들의 예상은 완벽하게 빗나갔고 지금 맨체스터 시티 팬포럼은 난리가 난 상태였다.

-레알 마드리드가 겨울 이적시장에 강한수 이적료로 6,000만 파운드를 제시했다는데?

-미친. 진짜 돈이 남아도나? 걔네들 지난 시즌에 음바페 영입하느라 돈 엄청 쓰지 않았어?

-그만큼 수입이 많잖아. 챔피언스리그 우승하면서 스폰서십 계약도 새로 체결했으니까.

-6천만 파운드라니……. 1,800만 파운드 주고 데려온 거 생

각하면 진짜 어마어마하네.

맨체스터 시티 팬포럼을 들끓게 하고 있는 건 겨울 이적시장에 불거진 강한수의 이적 루머 때문이었다.

여름 이적시장과 겨울 이적시장은 기자들에게는 가장 꿀맛 같은 기간이라고 할 수 있다.

여름 이적시장 두 달, 겨울 이적시장 한 달.

이렇게 석 달 동안 그들은 온갖 루머를 생산해내며 기사를 쓴다. 평소에는 쓰기 어렵던 기사들이 이때는 유독 잘 써진다.

그런 기자들에게 최근 가장 인기 많은 주제는 강한수의 이적과 관련된 뉴스였다.

2018-2019시즌 상반기에 강한수가 맨체스터 시티 소속 선수로 뛰며 보여준 활약은 인상적이었다.

그는 18경기를 뛰며 9골 21어시스트를 기록했는데 유럽 3대 리그라고 할 수 있는 프리미어리그, 프리메라리가, 분데스리가 중에서 이 정도 활약상을 기록 중인 선수는 손에 꼽을 정도였다.

레알 마드리드의 크리스티아누 호날두나 바르셀로나의 리오넬 메시, 이 정도 선수만이 한수와 엇비슷한 활약을 펼쳐 보일 뿐이었다.

그렇다 보니 한수에 대해 우려를 보냈거나 혹은 그를 부정적으로 평가했던 축구 관계자들은 한수가 보여주는 활약을 보고 혀를 내두르고 있었다.

그러면서 그들은 전문적인 교육을 받지 않고서도 프리미어리그에서 맹활약 중인 한수를 보며 천재가 실존한다는 걸 알게 됐다고 이야기할 정도였다.

오늘은 맨체스터 시티와 에버튼의 경기가 있는 날이었다.

에버튼은 근래 들어 나름 좋은 경기력을 보여주고 있었는데 이는 맨체스터 유나이티드에서 뛰다가 다시 에버튼으로 돌아온 웨인 루니(Wayne Rooney)를 구심점으로 선수들이 뭉쳤기에 가능한 일이었다.

맨체스터 시티 인근에 있는 펍(Pub)에서는 오랜 시간 맨체스터 시티를 응원해 온 팬들이 모여 술을 마시며 텔레비전으로 경기를 보고 있었다.

시끌벅적한 가운데 경기가 슬슬 시작하려는 조짐을 보이기 시작했다.

"오늘도 한스가 한 건 해주겠지?"

"그럼. 리버풀을 상대로 때려 넣은 그 환상적인 발리슛이 아직도 기억에 선하다니까?"

"보름도 지난 경기인데 아직도 기억한다고? 술주정뱅이 막스, 자네가?"

"클클, 펩 과르디올라가 확실히 사람 보는 눈은 있다니까?

처음에만 해도 한스가 베베처럼 될 거 같아서 불안했는데 지금은 오히려 다른 이유로 불안해."

"……후, 그건 나도 마찬가지야. 더 선에 뜬 기사를 보니까 바르셀로나에서는 7천만 파운드를 제시했다더군."

"뭐? 레알 마드리드가 6천만 파운드를 제시한 게 끝 아니었어?"

"아니야. 이번 시즌이 끝나는 대로 합류하는 조건으로 6천만 파운드를 제시했다던데?"

"근데 한스는 이제 계약 기간이 6개월 정도 남은 거 아니었어? 그렇게 되면 보스만 룰로 어디든 이적이 가능한 거 아니었나?"

보스만 룰에 의하면 계약 기간이 6개월 미만 남은 선수는 다른 팀과 이적 협상을 자유롭게 할 수 있으며 그 선수는 이적료 없이 자유계약으로 이적할 수 있다.

한수는 맨체스터 시티와 1년 계약을 맺었고 6개월이 지나면서 이제 그의 계약 기간은 6개월밖에 남지 않은 상황이다.

그렇다 보니 팬들 사이에서도 말이 많았다.

저렇게 잘하고 있는 한수와 재계약을 해야 한다는 여론이 들끓고 있었다.

"뭐, 한스가 다른 구단으로 이적할 의사가 있다면 보스만 룰을 이용해서 이적할 수 있기는 하지. 근데 펩 과르디올라 감독 말에 따르면 한스는 이번 시즌만 뛰고 은퇴한다는 거야."

"……진짜 은퇴하는 거야? 설마?"

"애초에 계약 조건이 그거였다고 하던데? 구단주가 한스를 데려오는 대신 딱 1시즌만 뛰는 걸로 조건을 걸었다고 하더라고."

"그게 말이 돼? 저 정도 선수라면 돈을 얼마를 줘서든 붙잡아 두는 게 맞는 거 아니겠어?"

"당연하지. 그런데 선수 본인이 뛸 의사가 없다잖아."

"……축구 선수로 뛴다면 역사에 이름을 남길 만큼 위대한 업적을 쌓을 수 있을 텐데 왜 그런 거지?"

그는 맥주를 벌컥벌컥 들이켠 뒤 한숨을 길게 내쉬었다.

어느덧 한수는 맨체스터 시티 팬들 마음속에 깊게 자리 잡은 상태였다.

그럴 수밖에 없었다. 그가 그동안 공헌한 게 적지 않았다.

승점 0점을 승점 1점으로, 승점 1점을 승점 3점으로 만든 경기도 많았다.

백점 만점짜리 활약이었다. 특히 시즌 초 4번째 경기 때 올드 트래포트에서 맨체스터 유나이티드를 상대로 1골 2어시스트를 기록했던 경기는 맨체스터 시티 팬들을 열광시키게 만들기에 충분했다.

숙명의 적 맨체스터 유나이티드, 그들의 콧대를 처참하게 부러뜨려 버린 활약상 때문에 좋아하지 않을 수 없게 만들어 버린 것이다.

그 이후 그들은 한수에게 열광적인 환호성과 지지를 보냈고 한수는 그 지지에 엄청난 경기력으로 보답하고 있었다.

그때였다. 경기를 보고 있던 도중 전반전이 시작하고 7분 만에 세르히오 쿤 아게로가 프리킥 찬스를 얻어냈다.

골문에서 28m밖에 안 떨어진, 제법 가까운 거리였다.

프리킥을 준비하기 시작한 건 한수였다.

그러자 맥주를 마시던 맨체스터 시티의 팬들이 경기에 집중하기 시작했다.

"한스! 한 골 넣어버려!"

"저 루니 자식의 얼굴에 똥칠을 해버리란 말이얏!"

잉글랜드 축구 팬들을 가리키는 말에는 훌리건이라는 게 있다.

축구장에서 난동을 부릴 만큼 극성스럽고 과격한 팬들을 가리키는 용어다. 여기 있는 사람들은 그 정도로 극단적이진 않았지만 만만치 않은 건 사실이었다.

특히 13년 동안 맨체스터 유나이티드에서 뛰었다가 에버튼으로 이적한 루니에게 그들의 악감정이 쏟아지는 건 당연한 일이었다. 그러는 동안 한수가 그대로 공을 골문을 향해 때려 넣었다.

철썩-

한수가 찬 공이 아름다운 궤적을 그리며 단숨에 골망을 흔들었다.

에버튼의 골키퍼가 몸을 날렸지만, 골문 구석에 절묘하게 꽂힌 공을 막아내는 건 역부족이었다.

"예쓰! 이래야지!"

"역시 한스라니까!"

"잠깐만. 그러면 이번 시즌 벌써 열 골째지?"

"프리미어리그만 보면 그렇지. 챔피언스리그 조별예선까지 포함하면 더 늘어날 테고."

"……이제 23경기를 뛰었는데 벌써 10골 21어시스트를 기록한 거야?"

"……그렇지?"

그들 모두 포효하며 세레모니 중인 한수를 바라보다가 혀를 내둘렀다.

믿어지지 않았다.

이제 막 프리미어리그에서 뛰게 된 신입생이 첫 시즌이 절반을 살짝 넘게 돌았는데 프리미어리그에서만 벌써 10골 21어시스트를 기록 중에 있었다.

아직 15경기 정도가 더 남아 있는 만큼 그가 얼마나 더 기록을 갱신할지도 지켜볼 일이었다.

그들은 하늘색 유니폼을 입고 맨체스터 시티의 로고에 입을 맞추는 한수를 보며 눈을 빛냈다.

어떻게든 그와 재계약을 해야 한다! 지금 그들 머릿속에는 이 생각뿐이었다.

만수르는 오랜만에 아랍에미리트 아부다비에 있다가 맨체스터에 왔다. 오늘 열리는 에버튼과의 경기를 보기 위함이었다.

그동안 바쁜 탓에 경기 결과만 전해 듣고 정작 직관은 제대로 하지 못했기에 오늘은 여유를 내서 이렇게 맨체스터에 찾아온 것이었다.

그것도 잠시 그는 경기 시작 7분 만에 한수가 프리킥을 성공시키며 선취골을 만들어내자 환하게 웃으며 박수갈채를 보내기 시작했다.

"하하, 역시 한스야! 왜 자신을 영입했는지 그 이유를 제대로 보여주는군!"

"축하드립니다, 왕자님."

"그러고 보니 그때 페라리 812 슈퍼패스트는 제대로 보냈던가?"

"예, 주문 제작은 문제없이 끝났고 바로 탁송을 보냈다고 전해 들었습니다. 한스 씨가 지금 맨체스터에 있는 까닭에 아파트 차고에 보관 중이라고 들었습니다."

"그렇군. 그럼 지금 한스는 무슨 차를 타고 다니나?"

"제가 전해 듣기론 케빈 더 브라이너의 차를 함께 타고 다닌다고 하더군요."

"그렇군. 이따가 경기가 끝나고 한스를 봤으면 싶은데 말이야. 자리를 마련하도록 하게."

"예, 여부대로 하겠습니다, 왕자님."

"그리고…… 요새 뉴스나 신문에 한스의 이적설이 자꾸 돌던데 어떻게 된 일인가?"

"더 선이나 데일리 익스프레스에서 올리는 게 아니라 그들도 아스나 마르카에 뜬 소식을 그대로 가져와서 올린다고 들었습니다."

"진짜 레알 마드리드하고 바르셀로나가 한스한테 관심을 가지는 건가?"

"예, 실제로 제의도 들어왔다고 들었습니다."

"한스한테는 더 많은 연락이 가고 있겠군."

"예, 한스 씨는 에이전트가 없으니까요. 아마 개인 연락처로 여러 곳에서 접촉을 시도 중일 겁니다."

만수르가 눈매를 좁혔다.

그는 절대 한수를 다른 누군가에게 내줄 생각이 추호도 없었다.

만약 한수가 다른 구단에 이적한다는 건 그에게 절대 있을 수 없는 일이었다. 그리고 그것은 곧 왕가의 명예가 실추되는 일이기도 했다.

경기를 보며 싱글벙글 미소를 짓던 만수르가 이내 분노를 토해냈다.

그리고 그가 일갈을 터뜨렸다.

"그들에게 전하게. 한수에게 접근한다는 건 곧 나에게 도전한다는 것과 다르지 않다는 걸 알아둬야 한다고."

"예, 왕자님. 분부대로 할 것입니다."

"그리고 그들에게 분명히 말해두게. 한수의 이적료로 백억 파운드를 부른다고 한들 그를 이적시키는 일은 결단코 없을 것이라고!"

내가 가질 수 없다면 그 누구에게도 넘기지 않겠다.

그만큼 만수르는 한수에게 푹 빠져 있었다.

맨체스터 시티와 에버튼의 경기가 끝났다.

경기 결과 맨체스터 시티는 3 대 0으로 홈에서 에버튼을 상대로 압승을 거뒀다.

이번에도 한수는 1골 1어시스트를 기록하며 최고의 활약을 펼쳤고 경기 MOM(Man Of The Match)에 선정되었다.

경기가 끝난 뒤 저명한 축구 전문가들이 한수에 대한 칼럼을 기고했다.

한수에 대한 그들의 평가는 대부분 비슷했다.

이제는 한수가 단순히 몸값만으로는 평가할 수 없을 만큼 뛰어난 선수라고 비슷한 목소리를 내고 있었다.

그뿐만이 아니었다.

펩 과르디올라의 전술, 그 핵심을 맡고 있는 선수가 바로 강한수라고 다들 이야기하고 있었다.

그는 바르셀로나가 6관왕을 차지하며 전성기를 구가할 때 패스 마스터 사비와 이니에스타의 룰을 동시에 수행하고 있었다.

미드필더로 뛰면서 공격과 수비, 양쪽의 흐름을 이어주는 역할을 맡았을 뿐만 아니라 뒷공간을 파고드는 케빈 더 브라이너나 르로이 사네, 세르히오 쿤 아게로에게 키패스를 연결하고 있었다.

그것은 한수가 뛰는 경기와 뛰지 않는 경기에서 극명하게 차이가 났는데 실제로 한수가 선발로 뛰지 않는 경기에서는 맨체스터 시티의 공격 흐름이 원활하게 흘러가지 않는 모습을 볼 수 있었다.

그렇다 보니 일부 전문가들은 맨체스터 시티의 2019-2020시즌에 대해 우려를 표하고 있었다.

강한수는 딱 한 시즌만 맨체스터 시티에서 뛰기로 되어 있었는데 그가 맨체스터 시티의 스쿼드에서 빠지면 누가 그 역할을 해줄 수 있을지에 관해서 의견이 분분했다.

즉, 맨체스터 시티는 이제 한수의 공백을 걱정해야 할 상황에 놓인 것이었다.

경기가 끝나고 각양각색의 전문가들이 오늘 경기를 리뷰하고 있을 무렵 한수는 샤워 이후 만수르의 초대를 받고 맨체스터에 왔을 때 그가 주로 머무르는 대저택에 와 있었다.

영국의 유명 요리사 하면 생각나는 제이미 올리버(Jamie Oliver)가 만수르의 대저택에서 요리를 하는 동안 한수는 만수르와 함께 담소를 나누고 있었다.

"오늘 경기 잘 봤네. 대단한 활약이었어."

"감사합니다, 구단주님. 그리고 초대해 주셔서 영광입니다."

"하하, 나뿐만 아니라 많은 사람이 자네하고 대화를 나누고 싶어 할 텐데 도리어 내가 영광이지. 솔직히 말해서 작년 3월까지만 해도 이렇게 될 줄은 꿈에도 생각 못 했네. 그때까지만 해도 여전히 나는 자네를 축구 선수보다는 가수로 여겼었거든."

"예, 그랬었죠."

"그런데 지금 자네는……. 하하, 정말 대단해. 진짜 챔피언스리그 우승컵을 내게 가져다줄 수도 있겠어. 지금은 진짜 그럴 수 있겠다는 생각이 드네."

만수르는 진심으로 경탄하고 있었다. 한수가 그 말에 미소를 지으며 대답했다.

"맨체스터 시티 소속의 선수로 뛰는 만큼 최선을 다할 생각입니다. 그리고 저뿐만 아니라 다른 팀메이트도 잘해주고 있기 때문에 좋은 결과가 나오는 것이라고 생각됩니다."

한수 말은 지극히 정론이었다. 만수르가 훈훈한 표정을 지었다.

"그러고 보니 내 보좌관 말로는 케빈 더 브라이너의 차를 함께 타고 다닌다지? 불편한 게 있다면 말하게."

"예?"

"불편하다 싶으면 언제든지 내 차고에 있는 차를 이용해도 좋네. 한번 보겠는가?"

만수르 말에 한수가 머뭇거리다가 고개를 끄덕였다. 과연 그의 차고에는 어떤 차들이 전시되어 있을지 궁금했기 때문이다.

만수르가 웃으며 한수를 데리고 개인 차고로 향했다.

그가 머무르고 있는 맨체스터시 인근에 있는 대저택 지하에는 커다란 차고가 있었다. 그리고 그 차고에는 수십 대의 슈퍼카가 즐비하게 전시된 상태였다.

한수가 그것을 둘러보며 혀를 내둘렀다. 개중에는 한 대에 수십억을 호가하는 슈퍼카도 있었고 단종된 지 오래된 올드카도 있었다.

만수르가 자신이 애지중지하는 차들을 한 대, 한 대 가리키며 설명했다. 그럴 때마다 한수는 그의 말을 귀담아들었다. 그리고 여기 있는 차 중 자신이 각별하게 아끼는 몇몇 슈퍼카를 소개한 만수르가 한수에게 물었다.

"가지고 싶은 차가 있나? 어떤 차든 이야기하게. 자네가 쓸 수 있게 집으로 보내주겠네. 그러고 보니 요즘 어디서 생활하고 있나? 집이 불편하면 이야기하게. 트레이닝 센터 근처에 있는 집들 가운데 괜찮은 저택 매물을 알아봐 주지."

"괜찮습니다, 구단주님. 지금 해주시는 것들만으로도 충분합니다."

한수는 자신을 향해 엄청난 호의를 베푸는 만수르를 보며 손사래를 쳤다. 오히려 그가 해주려는 것들이 부담스럽게 느껴졌다. 만수르가 이렇게까지 한다는 건 자신에게 무언가 필요로 하는 게 있다는 의미이기 때문이다.

그런 기색을 읽은 것일까. 만수르가 손사래를 저으며 말했다.

"걱정하지 말게. 자네한테 뭔가를 부탁하고 싶어서 이러는 게 아닐세. 이건 어디까지나 순수한 내 호의일세. 요즘 자네 덕분에 내가 우리 팀 경기를 보는 맛이 나거든."

한수가 얼굴을 붉혔다.

결국, 한수는 만수르의 호의에 람보르기니 한 대를 선택했다.

한수가 람보르기니를 선택하자 만수르가 호탕하게 웃으며

입을 열었다.

"역시 보는 눈이 있군. 람보르기니 센테나리오 로드스터 모델이지. 내가 종종 즐겨 타던 차라네. 자네한테 이 차를 선물할 수 있어서 기쁘군."

한수가 만수르를 보며 물었다.

"이 차의 가격은 얼마나 합니까?"

"가격? 글쎄. 그게 중요한가? 뭐, 몇십억 정도 하겠지. 그러나 자네의 가치가 비할 바가 있겠나? 생각 같아서는 이런 차 수십 대를 주더라도 자네하고 재계약을 할 수 있다면 나는 무조건 재계약을 선택할 걸세. 하하."

만수르가 여과 없이 자신의 욕망을 그대로 드러냈다.

한수는 그를 보며 미소 지었다.

자신의 값어치를 알아주는 사람이다.

한국에 있을 때는 윤환이 그랬고, 3팀장이 그랬고, 황 피디가 그랬으며 지연도 자신의 가치를 알아봤다.

영국으로 건너와서는 에릭 클랩튼과 노엘 갤러거가 자신의 가치를 알아봤다. 그리고 지금 또 한 명 자신의 가치를 알아보는 사람이 있다.

만약 축구 선수가 되는 게 한수의 꿈이었다면 한수는 맨체스터 시티와 재계약을 체결했을 것이다.

애초에 1년 계약이 아니라 다년 계약을 맺었을 터다. 그러나 한수는 축구 선수가 되겠다는 생각은 없었다. 그보다 더 많은 것들을 경험하고 더 다양한 삶을 살고 싶었다.

어렸을 때 꿈꿨던 것처럼. 그렇게 해서 세상을 바꾸고 싶었다.

람보르기니 열쇠를 만수르에게 건네받은 뒤 주차장에서 올라온 두 사람은 응접실로 향했다.

만수르는 응접실에서 차를 마시며 한수에게 물었다.

"이제 한 달 뒤 챔피언스리그 16강전이 열리게 되는데 어떻게 될 거 같나?"

"무조건 이겨야겠죠."

맨체스터 시티는 조별예선에서 단 1패를 기록했다. 그리고 맨체스터 시티에서 1패를 안긴 건 레알 마드리드였다.

현존하는 세계 최강의 팀, 레알 마드리드.

그 패배는 뼈아팠다. 그래도 맨체스터 시티는 2위로 16강에 진출할 수 있었고 저번 달에 16강 대진표를 확인할 수 있었다. 그리고 그들은 16강 대진표를 보고 한숨을 길게 내쉬었다.

그들의 상대는 FC 바르셀로나였다. 한때 왕조라고 불릴 만큼 엄청난 경기력을 보여줬던 구단이었고 지금도 그들은 조금 쇠락했을 뿐 여전히 세계 최강팀 중 하나로 손꼽히고 있었다.

게다가 미드필더가 약해진 것에 비해 MSN트리오는 여전히 건재했기 때문에 맨체스터 시티의 약세가 예상되고 있는 상황이었다.

만수르가 눈매를 좁히며 말했다.

"분명히 바르셀로나는 강팀이지. 그래도 나는 내 구단이 꼭 정상의 자리에 올라서길 바라네. 그리고 아마 그건 자네에게 달려 있겠지. 챔피언스리그 우승을 했을 때 원하는 보상은 생각해 뒀나?"

"아직입니다."

"무엇이든 원하는 게 있으면 말하게. 내 능력이 닿는 것이라면 그게 무엇이 되었든 다 들어줄 테니."

한수가 고개를 끄덕였다.

별들의 전쟁, 챔피언스리그 16강은 어느새 한 달 앞으로 훌쩍 다가와 있었다.

프리미어리그 23라운드까지 끝난 지금 맨체스터 시티는 21승 1무 1패로 단독 1위를 달리고 있었다.

그 아래에는 맨체스터 유나이티드와 첼시, 토트넘 홋스퍼가 상위권을 형성 중이었다.

프리미어리그뿐만 아니라 챔피언스리그에서도 순항 중인 맨체스터 시티였기 때문에 이번 시즌 맨체스터 시티 팬들의 기대감은 그 어느 때보다 대단했다.

람보르기니 센테나리오를 몰고 돌아온 한수를 보며 케빈 더 브라이너가 감탄을 토해냈다.

"이 차는 뭐야? 어디서 난 거야?"

"선물로 받았어."

"미친. 선물로 이런 차를 주기도 하냐? 역시 그 사람이겠지?"

"네 생각이 맞을 거야."

케빈 더 브라이너는 부러운 눈빛으로 람보르기니 센테나리오를 훑었다.

그럴 때 한수가 케빈 더 브라이너를 보며 물었다.

"뭐 하고 있었어?"

"뭐하긴. 위닝 일레븐 하고 있었지. 너도 낄래?"

그 말에 한수가 얼굴을 붉혔다.

지난 6개월 동안 한수는 맨체스터 시티 선수들하고 부쩍 가까워질 수 있었다.

그 계기는 위닝 일레븐 덕분이었다.

뭐든지 다 잘하던 한수가 위닝 일레븐은 정말 못하자 선수들은 오히려 그것을 보며 흥미로워했고 그 이후 틈만 나면 한수보고 위닝 일레븐을 하자고 이야기하고 있었다.

물론 그건 어디까지나 한수를 상대로 승리를 거머쥐기 쉽다는 것 때문이었다.

그렇다고 해서 한수가 의욕이 없었으면 재미가 없었을 텐데 한수는 누구보다 의욕적으로 게임을 즐겼고 그 덕분에 위닝 일레븐을 하는 재미가 있었다.

한수는 케빈 더 브라이너의 집으로 향했다.

집에 도착한 두 사람은 위닝 일레븐을 즐기기 시작했다.

한수가 첫 경기에서 레알 마드리드를 선택한 데 비해 케빈 더 브라이너는 벨기에 국가 대표팀을 골랐다.

객관적인 전력으로 본다면 한수가 압승해야 맞았다.

그러나 전반전이 끝나갈 무렵 케빈 더 브라이너는 이미 두 골을 몰아 넣은 상태였다.

케빈 더 브라이너가 후반전이 시작하기 전 한수를 보며 물었다.

"한국인은 다들 게임을 잘한다던데 너는 한국인이 아닌 모양이야. 어쩜 그렇게 못하냐?"

그의 팩트 폭행에도 한수는 아무 말도 할 수 없었다.

'이럴 바에는 차라리 OZN 채널도 구독해야 하나?'

한수가 얼굴을 붉혔다.

그리고 후반전에도 한수는 연달아 떡실신을 당하면 패배를 기록하고 말았다.

"젠장!"

"연습은 그렇게 많이 하는데 실력이 오르지 않는 걸 보면…… 게임은 그냥 포기해. 포기하면 편해."

"하, 그럴 수 없지. 한 판 더 붙어!"

한수가 다시 게임 패드를 붙잡았다. 그래도 게임을 할 때마다 실력이 늘고 있었다. 그게 위안이었다.

그러나 두 번째 경기도 연달아 패배한 뒤 한수가 패드를 내려놓았다. 가만히 그런 한수를 보던 케빈 더 브라이너가 고개를 절레절레 저었다.

"어떻게 게임을 해도 늘질 않냐?"

"뭐? 그래도 이 정도면 좀 는 거 아니야?"

"……아니, 전혀."

한수가 눈매를 좁혔다.

"진짜? 정말?"

"어. 그렇다니까?"

"그래도 예전에는 열 골 먹힐 거 요새는 서너 골만 먹히잖아!"

"아, 그거? 그거 내가 일부러 봐준 건데……."

케빈 더 브라이너 말에 한수가 한숨을 내쉬었다. 그것도 잠시 한수는 결심을 단단히 굳혔다.

OZN 채널에는 온갖 게임이 있다. 최근 대표적으로 리그를 개최하고 가장 주력으로 미는 건 히어로즈 오브 레전드지만 이전에는 위닝 일레븐도 꾸준히 대회를 열곤 했다.

그것만 구독할 수 있으면 프로게이머 수준으로 올라서는 건 문제도 아니었다.

채널 확보권을 아끼고 싶다는 생각에 그동안 참았지만 이렇게 모욕을 당했는데 더 이상 참을 수는 없었다.

'암, 그렇지. 참을 수 없어!'

더 생산적인 일을 하기 위해 한동안 한수는 채널 확보권을 묵혀두고 있었다.

명성 수치는 꾸준히 올라가고 있었지만, 그와 비례해서 채널 확보권을 얻는 수치도 엄청나게 증가하고 있었기 때문이다. 그런 탓에 OZN 채널은 가급적 늦게 확보하려 했지만, 한수는 단단히 결심을 굳혔다.

"……다음 주에 다시 붙자."

"뭐? 다음 주? 그동안 안 하게?"

"어, 각오하고 있어."

"일주일 동안 연습한다고 뭐가 달라져? 그냥 재미있게 즐겨!"

"됐거든. 두고 보자. 빌어먹을 자식!"

한수는 그대로 집으로 돌아왔다. 그리고 그는 OZN 채널을 곧장 확보했다. 조만간 케빈 더 브라이너를 비롯한 맨체스터 시티 선수단에게 굴욕을 선사할 생각이었다.

"이제 다음 주 맞지?"

"예, 맞아요."

"곧 한수 씨가 돌아오겠네? 휴, 돌아오자마자 바로 전속계약을 맺어 버릴 거야."

"한수 씨하고요?"

"그래야지. 한수 씨가 구름나무 엔터테인먼트하고 재계약할지 그 여부도 불투명하다던데? 그럴 바에는 한수 씨하고 단독으로 전속 맺어두는 게 편하지."

"누구는 한수 씨가 할리우드에 진출할지도 모른다고 이야기가 많던데요?"

"그건 한수 씨를 모르니까 할 수 있는 개소리인 거고. 한수 씨 연기 어떤지 너도 잘 알잖아."

"……발연기라는 말은 들었는데 그렇게 못해요?"

황 피디가 고개를 끄덕였다.

그는 일 년 전을 회상했다.

일 년 전 강한수가 갑자기 맨체스터 시티에 입단한다는 말을 꺼냈을 때만 해도 그는 기겁할 수밖에 없었다.

한수를 주연으로 삼아서 그가 만들려고 하는 예능 프로그램이 한두 개가 아니었다.

한수를 볼 때면 매번 새로운 상상이 샘솟듯 솟아나곤 했다.

한수는 그에게 영감을 줄 수 있는 특별한 사람이었다.

지금 와서 생각해 보면 그게 가능했던 건 한수가 만능인이라서 그런 게 아니었나 싶었다. 무엇이든 잘할 줄 아니까 부담 없이 시킬 수 있었고 한수는 그 기대에 부응하는 모습을 매번 보여줬었다.

그가 이번에 귀국하게 된다면 황 피디는 그동안 멈춰뒀던 모든 것들을 재가동할 생각이었다.

"유 피디도 준비 잘해둬. 남들에게 빼앗기기 전에 우리가 먼저 잡아채야 하는 거 알지?"

"근데 한수 씨가 예능을 계속하려 할까요?"

유 피디 질문에 황 피디가 고개를 갸웃거렸다.

"왜 그런 생각을 해?"

"한수 씨가 주급으로 받는 돈이 세르히오 쿤 아게로 선수만큼이라고 하더라고요. 그렇다는 건 매주 3억 5천만 원을 수령 중이라는 거고 세금으로 절반을 뗀다고 해도 1억 7천만 원 정도 된단 말이죠. 그렇다는 건 단 1년 뛰고도 거의 90억 가까이 벌었다는 건데…… 그 정도 돈을 벌었는데 굳이 예능에 나오려 할까 싶어서요."

황 피디가 그 말에 눈매를 좁혔다. 유 피디 말에도 일리는 있었다. 그동안 한수가 벌어들인 돈은 적지 않았다.

예능 프로그램에 출연하며 벌어들인 돈은 그것에 비하면

눈곱 수준이었다.

한수의 수입 중 가장 많은 부분을 차지하고 있는 건 노엘 갤러거와 함께 낸 앨범이었다. 그 앨범의 일정 지분에 대한 수입이 가장 많았다. 그리고 지금도 그 앨범은 꾸준히 팔리고 있었다.

두 번째는 광고료였다. 한수는 그동안 여러 차례 광고에 출연했다. 맨체스터 시티 선수로 뛰게 되면서 더 많은 광고 출연 제의가 들어왔고 이때 한수는 소속사가 없는 덕분에 커미션을 떼지 않고 온전히 수입을 가져갈 수 있었다.

세 번째는 맨체스터 시티 선수로 뛰면서 받는 연봉이었다. 유 피디 말대로 이 연봉만 해도 90억 원 가까이 되었다.

게다가 프리미어리그 우승과 FA컵 우승을 통해 그는 이미 추가적으로 포상금을 받을 예정이었다.

만약 이번 챔피언스리그 결승에서마저 우승을 차지한다면 맨체스터 시티는 사상 첫 챔피언스리그 우승과 트레블을 달성할 수 있게 되는 것이었다.

그런 만큼 이번 프랑스 파리 스타드 드 프랑스에서 열리게 될 챔피언스리그 결승전의 향방은 그 어느 때보다 중요시되고 있었다.

"일단 챔피언스리그 결승이 끝나는 대로 물어봐야겠지. 뭐, 한수 씨라면 가능성은 열어두고 있을 거야. 그래도 예능 할 때마다 정말 즐거워했으니까. 정 안 되면 바지라도 붙잡고 매달려야 하지 않겠어?"

"아쉬운 사람이 매달리긴 해야죠. 그건 그렇고 한수 씨가 레알 마드리드를 상대로 우승컵을 들어 올릴 수 있을까요?"

사상 첫 4강전 진출을 넘어 결승까지 올라선 맨체스터 시티의 상대는 디펜딩 챔피언 레알 마드리드였다.

벌써 3연속 챔피언스리그 우승컵을 들어 올린 레알 마드리드는 올해 더 막강해진 스쿼드를 바탕으로 최강의 전력을 자랑하며 유벤투스를 1, 2차전 합계 7 대 0으로 찍어 누르며 결승전에 안착한 상태였다.

4연속 챔피언스리그 우승과 트레블을 동시에 노리고 있는 레알 마드리드를 상대로 맨체스터 시티가 승리를 거머쥘 수 있을지 모든 축구인의 관심은 쏠려 있었다.

"글쎄. 그래도 한수 씨가 있으니까 가능하지 않을까? 진짜 준결승 끝난 뒤 난리도 아니었잖아."

맨체스터 시티가 준결승에서 상대한 팀은 분데스리가의 절대 강자 바이에른 뮌헨이었다. 하메스 로드리게스가 완전히 바이에른 뮌헨에 적응한 바이에른 뮌헨은 정말 상대하기 까다로운 팀이었다.

특히 카를로 안첼로티 감독의 전술은 위협적이었고 알리안츠 아레나(Allianz Arena)에서 열린 1차전 같은 경우 맨체스터 시티는 2 대 0으로 무기력하게 패배하고 말았다.

그리고 이후 에티하드 스타디움에서 열린 2차전.

맨체스터 시티는 사실상 벼랑 끝에 놓인 기분이었다.

그러나 케빈 더 브라이너와 세르히오 쿤 아게로가 연달아 골을 넣으며 맨체스터 시티는 일말의 가능성을 살렸다.

그러다가 후반전이 거의 끝나갈 무렵 이제 연장전을 준비해야겠다고 생각하게 되었을 때 추가시간에 강한수가 마지막 프리킥을 준비했다. 그리고 그는 또 한 번 마법을 만들어냈고 맨체스터 시티는 바이에른 뮌헨을 꺾고 챔피언스리그 결승전에 진출할 수 있었다.

새벽인데도 불구하고 그 날 경기를 본 사람 수는 엄청나게 많았다. 그리고 그 날 2차전이 끝난 뒤 사람들은 연신 하품을 하며 출근하는 직장인들을 여럿 볼 수 있었다. 그들 대부분이 챔피언스리그 2차전을 생중계로 본 사람들이었다.

"그래, 그 날은 엄청났지."

황 피디가 그 날을 회상했다.

그도 방송국 사람들하고 새벽녘 방송국에 모여 경기를 본 기억이 있었다.

이번 챔피언스리그 결승전이 기대되는 건 한수가 얼마나 활약해 줄지 그 여부가 궁금해서일지도 몰랐다.

그때 유 피디가 황 피디를 보며 물었다.

"그런데 만약 이번에 한수 씨가 트레블하면 발롱도르를 받을 수 있을까요?"

현재 발롱도르는 크리스티아누 호날두가 여섯 개, 리오넬 메시가 다섯 개를 갖고 있었다. 그리고 그 다음 발롱도르 후보로 유력시되고 있던 건 네이마르 같은 선수였다.

그렇다 보니 그들 대부분에게 강한수는 정말 뜬금없이 등장한 존재였다.

하지만 어쩌면 진짜 강한수가 발롱도르를 수상하게 될지도 모를 일이었다.

맨체스터 시티가 트레블을 하는데 가장 크게 공헌한 선수가 바로 강한수였기 때문이다.

"발롱도르는 보통 1년을 기준으로 평가를 매기다 보니까…… 그걸 생각해 볼 때 한수 씨는 2019-2020시즌을 뛰지 않을 테니까 거기서 점수가 깎일 가능성이 크겠지. 그래도 유력한 발롱도르 후보인 건 분명한 사실이지."

황 피디가 고개를 끄덕였다.

맨체스터 시티의 2018-2019시즌이 2017-2018시즌과 천양지차를 보이고 있는 주요한 원인은 강한수, 단 한 명 때문이라는 의견이 지배적이었으니까.

"일단 어디까지나 그건 맨체스터 시티가 우승했을 때의 이야기고. 조금 더 지켜봐야겠지."

황 피디는 일주일 뒤 열릴 챔피언스리그 결승전을 생각하며 숨을 길게 내쉬었다.

그도 한 명의 축구 팬으로, 강한수가 챔피언스리그 결승전에서 맹활약하며 발롱도르를 거머쥐길 바라고 있었다.

한수의 부모님은 퍼스트 클래스를 타고 프랑스 파리로 오고 있었다.

맨체스터 시티에서 두 사람을 위해 에미레이트 항공 퍼스트 클래스 티켓과 함께 생드니 호텔 숙박권을 보내왔기 때문이다.

덕분에 편안하게 파리로 오고 있는 두 사람은 여전히 이게 꿈인지 생시인지 분간할 수 없었다.

몇 년 전까지만 해도 말썽쟁이였던 아들이 지금은 매주 축구 경기를 뛸 때마다 신문에 올라오며 일거수일투족을 파파라치가 찍고 있었기 때문이다.

그렇지만 그들은 여전히 한수에 대한 걱정이 있었다.

그것은 한수가 유독 연애를 안 한다는 점 때문이었다.

보통 이 정도면 여자들이 줄줄이 꼬일 만도 한데 한수가 누구하고 사귄다는 이야기를 들어본 적이 없었다.

"우리 아들, 연애는 언제 할까요?"

"글쎄. 마음에 드는 여자가 있으면 그때 하지 않을까?"

"그래도…… 그러다가 외국 여자하고 결혼한다고 하면 어쩌죠? 말도 안 통할 텐데."

"그거야 한수 마음이지. 행여나 이상한 소리 하지 마. 결혼은 어디까지나 한수가 원하는 사람하고 해야 하는 거야. 연애도 마찬가지고. 그건 우리가 간섭하면 안 되는 거야."

"알아요. 그래도 걱정되니까 하는 이야기에요."

실제로 한수가 유명세를 타기 시작하면서 그를 이상형으로 꼽는 연예인들이 속속 늘어나고 있었다.

비단 국내에 한정할 일이 아니었다.

외국에서도 한수에 대한 인기는 꽤 높은 편이었다.

특히 그가 시즌 도중에도 틈틈이 아동병원을 방문해서 병을 앓고 있는 아이들에게 노래를 불러주거나 요리를 만들어주는 등 함께 어울리는 모습을 보고 많은 사람이 그 미담을 칭찬하고 있었다.

그 덕분에 한수를 이용해서 유명세를 타보려 하는 3류를 제외하고도 한수 개인에게 호감을 느끼고 있는 배우들도 적지 않았다.

개중에는 엠마 왓슨이나 제니퍼 로렌스 같은 유명한 할리우드 배우도 있었다.

국내에도 몇몇 걸그룹 멤버가 한수를 이상형으로 손꼽았고 또 지연과 서현도 한수에게 호의적인 인터뷰를 여러 차례 하는 등 핑크빛 기류가 있는 게 아니냐 하는 의혹을 제기하기도 했다.

그러나 한수는 정작 그 누구와도 열애설이 뜨지 않은 상태였다.

"그보다 한수가 뛰게 된 경기가 그렇게 중요한 경기인가 봐요?"

"챔피언스리그니까 엄청 중요하지. 유럽 축구 팬들한테는 월드컵보다 더 중요한 경기일 거야. 지난 1년 동안 얼마나 노력했는지 그것을 확인할 수 있는 경기니까."

"우리 한수가 축구 선수가 되고 또 이렇게 큰 무대에서 뛰게 됐다는 게 믿기질 않네요."

"그건 나도 마찬가지야. 커서 뭐가 되려고 하는지 걱정이 많았는데…… 챔피언스리그 결승전에서 뛰는 선수가 될 줄이야. 박유성 선수 이후로는 두 번째라더군."

"정말이에요?"

"그럼. 그러나 박유성 선수는 막상 우승할 때는 아예 명단에서 배제됐었잖아. 반면에 한수는 선발 명단에 들 게 유력하다 보니 잘하면 챔피언스리그 결승전에서 뛰고 우승한 최초의 한국인이 될 수 있을 거야."

"······꼭 우승하길 바라야겠네요."

"우승이 그렇게 쉽나. 게다가 상대가 챔피언스리그 3연패를 거머쥔 구단이라잖아. 부담감 갖지 않게 하는 게 중요할 거야."

실제로 부담감을 적잖게 가질 수밖에 없는 경기였다.

상대 팀은 챔피언스리그 3연패에 빛나는 세계 최강의 클럽 레알 마드리드였다.

반면에 맨체스터 시티는 이제 처음으로 결승전에 올라온 신출내기였다.

객관적인 전력은 레알 마드리드가 맨체스터 시티를 훨씬 상회한다고 봐야 했다.

물론 축구공은 둥글고 단판인 만큼 누가 이길지는 알 수 없었다.

파리에서 북쪽으로 11㎞ 정도 떨어진 거리에 있는 생드니는 엄청 많은 사람으로 북적거리고 있었다.

챔피언스리그 결승전을 보기 위해 모인 팬들이었다.

맨체스터 시티 팬들과 레알 마드리드 팬들, 그리고 중립 팬들로 섞인 가운데 호텔은 진즉에 매진된 상태였고 결승 티켓은 수백만 원에 암표로 거래되고 있었다.

맨체스터 시티 선수단이 호텔에 도착한 건 경기 이틀 전날이었다.

그들 모두 결의를 굳힌 채 호텔 안으로 들어왔다.

2018-2019시즌을 숨 가쁘게 달려왔다.

잠깐 위기의 순간도 있었다. 그러나 그들은 끝내 그 위기를 극복했고 꿈의 무대라는 챔피언스리그 결승전에 올라설 수 있었다.

집중을 유지한 채 선수들은 호텔 방으로 흩어졌다. 한수는 룸메이트인 케빈 더 브라이너와 함께 방에 들어왔다.

케빈이 한수를 보며 물었다.

"내일모레 경기…… 어떨 거 같아?"

"어떻긴. 실수를 덜 하는 팀이 이기겠지."

"너는 어떻게 그렇게 태연할 수 있냐? 십몇 년 뛴 것도 아니고 이번에 처음 프리미어리그에서 뛴 데다가 챔피언스리그 결승도 처음 경험해 보는 거잖아."

한수가 멋쩍게 웃었다. 그는 모르겠지만 한수에게는 정말 많은 선수들의 경험이 축적되어 있었다.

개중에는 챔피언스리그 결승전뿐만 아니라 월드컵 결승전에서도 맹활약한 선수들도 있었다.

그런 한수가 긴장한다는 것 자체가 오히려 말이 안 되는 이야기였다.

"그건 그렇고 너 진짜 챔피언스리그 결승전 끝나면 은퇴할 거야?"

"어, 그래야지."

케빈 더 브라이너는 아쉬운 얼굴로 한수를 쳐다봤다.

그는 진짜였다. 케빈 더 브라이너는 한수와 함께 경기를 뛰며 이보다 더한 천재가 있을까 하는 생각을 했을 정도였다.

그도 천재라는 말을 숱하게 들었지만, 한수 이상 가는 선수는 없을 듯했다.

2018-2019시즌 한수가 보여준 퍼포먼스는 역대 그 어떤 선수보다 더 엄청났으니까.

오히려 그것 때문에 한수가 이번 시즌 이후로 은퇴한다는 게 맨체스터 시티의 선수이기 이전에 축구 팬으로서 아쉬울 수밖에 없었다.

그러는 사이 이틀이 순식간에 지났다. 그리고 그 날이 밝았다. 챔피언스리그 결승전.

한수는 만수르와 약속한 대로 맨체스터 시티를 이끌고 이 자리에 올라섰다.

이제 남은 건 유종의 미를 거두는 것이었다.

하지만 상대는 세계 최강의 클럽이자 디펜딩 챔피언인 레알 마드리드였다.

그리고 양 팀 선수단이 스타드 드 프랑스에 입장하기 시작했다.

경기 시작까지는 이제 채 10분도 남아 있지 않았다.

스타드 드 프랑스에는 정원을 넘는 인원들이 빼곡히 들어차 있었다.

한수의 부모님은 VIP석에서 경기를 관람하는 중이었다.

"정말 아들 잘 둔 덕분에 이런 호사를 누리네요."

"그러게. 아들 아니었으면 이런 데 올 생각을 했겠어?"

한수의 부모님은 경기장을 내려다보며 고개를 절레절레 저었다.

몇 년 전까지만 해도 전혀 생각해 보지 못한 일이었다.

그러나 지금 아들은 매주 1억 7천만 원을 버는 고소득자가 되었고 여기 앉아 있는 수많은 팬의 지지를 얻고 있었다.

가끔 해외 축구 기사에 레알 마드리드(Real Madrid)의 플로렌티노 페레즈(Florentino Perez) 회장이 강한수를 영입하기 위해 2억 파운드를 제시했다든가 파리 생제르맹(Paris Saint-Germain)의 구단주 알사니(Al-Thani)가 3억 5천만 파운드를 제시했다는 등의 이적 루머가 뜰 때면 아버지 입장에서 그렇게 기분이 좋을 수가 없었다.

아들의 몸값이 높다는 건 그만큼 아들이 세계에서 인정받고 있다는 의미였으니까.

한편으로는 한 가지 아쉬운 게 있었다.

그것은 한수가 국내에서는 해외에서만큼 인정받지 못한다는 점이었다. 어쩌면 그건 한수가 그간 해온 것 때문일지도 몰랐다.

해외축구나 브릿팝이나 하는 건 비주류에 속해 있었다.

또, 맨체스터 시티에서 뛰기 전까지 한수는 상대적으로 전면에 나선 적이 많지 않았다.

노엘 갤러거와 함께 발매한 음반도 한수는 객원 보컬리스트로 참여한 것뿐이었고 권지연과 낸 앨범 역시 콜라보레이션에 불과했다.

게다가 국내에서는 수상 실적을 무엇보다 중요시하게 여기다 보니 한수가 프리미어리그와 FA컵에서 우승하고 시즌 MVP를 수상하기 전까지는 지상파에서도 제대로 다루지 않고 넘어가는 경우가 잦았다.

그러나 한수 부모님은 그것에 대해 크게 개의치 않았다. 어차피 송곳은 알아서 호주머니에서 삐죽 튀어나오게 되어 있었다.

세계가 한수를 알아본다면 대한민국도 곧 한수를 알아보게 될 게 분명했다.

"슬슬 경기가 시작하려나 봐요."

경기장에 들어와서 몸을 풀던 선수들이 하나둘 경기장을

빠져나가기 시작했다.

그때 두 사람에게 다가온 사람이 있었다. 그가 한수 부모님을 보며 슬며시 인사를 건넸다.

"반갑습니다. 한수 부모님 되시죠?"

한수 아버지가 고개를 돌렸다.

그래도 그는 중견기업에서 꽤 오래 일한 경험 덕분에 비즈니스 영어가 가능했다.

"누구…… 어? 당신은……"

"예, 노엘 갤러거입니다. 노엘이라고 불러주시죠."

맨체스터 시티가 사상 최초로 챔피언스리그 결승전에 진출한 순간이다.

맨체스터 시티의 앰버서더 역할을 맡고 있는 노엘 갤러거가 이곳에 오지 않을 리가 없었다.

실제로 갤러거 형제는 모두 스타드 드 프랑스도 초대를 받았고 그들은 멀찌감치 떨어진 곳에서 경기를 지켜보고 있었다.

그러다가 한수 부모님을 어렴풋이 기억해 낸 노엘 갤러거가 먼저 선수를 치고 그들을 보러 온 것이었다.

노엘 갤러거는 평소와는 전혀 달리 격식을 차린 모습으로 두 사람을 대했다.

이들이 한수 부모님인 걸 아는 노엘이기 때문에 그들에게 좋은 인상을 심어두는 게 한수에게도 좋게 먹힐 것임을 알고 있었던 것이다.

그렇게 노엘 갤러거가 두 사람과 인사를 주고받으며 자신의 이미지를 최대한 좋게 포장하는 사이 선수들이 경기장에 입장하기 시작했다.

세계 최강의 클럽 레알 마드리드의 선수들과 도전자 입장에서 그들을 맞이하게 될 맨체스터 시티 선수들이 경기장에 들어섰다.

그들 스물두 명이 바로 오늘 경기를 책임지게 될 전사들이었다.

"시청자 여러분 안녕하십니까! 이 시간까지 다들 잠을 설치느라 고생 많으십니다. 지금 중계 사이트에 벌써 시청자 수가 이십만 명을 넘었다고 하는데요. 이게 다 강한수 선수가 선발 명단에 포함되어서일 것 같습니다."

"만약 펩 과르디올라 감독이 강한수 선수를 선발 명단에서 뺐으면 맨체스터 시티 팬들에게 격렬한 항의를 받았을 겁니다. 잘하면 반 시즌 활약한 것만으로 발롱도르도 수상할 가능성이 유력한 선수가 바로 강한수 선수이니까요."

"하하, 안문호 해설위원님 말이 맞습니다. 실제로 강한수 선수는 유력한 발롱도르 후보로 거론되고 있습니다. 발롱도르가 그해 일 년을 결산해서 수상자를 뽑는 것이긴 하지만 강한수 선수가 보여준 모습이 워낙 대단했기 때문이겠죠?”

“그렇습니다. 강한수 선수는 프리미어리그에서 우승컵을 들어 올렸을 뿐만 아니라 FA컵에서도 팀을 우승시키는데 혁혁한 공로를 세웠습니다. 그리고 맨체스터 시티를 최초로 챔피언스리그 결승전 무대에 올려세웠고 이제 마지막 한 걸음만 남았죠. 저 개인적으로는 강한수 선수가 발롱도르 수상자로 거론되어도 전혀 이상하지 않다고 생각하고 있습니다.”

“아, 그러는 사이 양 팀 선수들이 경기장에 흩어집니다. 드디어 2018-2019시즌 챔피언스리그 결승전이 시작될 예정입니다! 그리고, 경기 시작하였습니다!”

센터 서클에서 한수는 세르히오 쿤 아게로의 공을 건네받았다.

그 순간 레알 마드리드의 미드필더 루카 모드리치와 카세미루가 거칠게 한수를 압박해 들어왔다.

월드 클래스급 미드필더 두 명의 압박에 한수는 공을 뒤로 돌렸다.

레알 마드리드 선수들은 보다 더 강하게 압박해 들어오며 맨체스터 시티 선수들이 점유율을 끌어올리지 못하게 방해했다.

"아, 레알 마드리드 선수들이 오늘따라 유독 활발하게 뛰는데요. 특히 루카 모드리치 선수와 카세미루 선수가 강한수 선수를 집중적으로 견제를 하고 있습니다."

"지네딘 지단 감독이 영리하게 전술을 짜왔다고 생각되어집니다. 강한수 선수는 맨체스터 시티 전술의 핵심입니다. 그가 없으면 맨체스터 시티가 제대로 돌아가지 않는다는 말이 있을 정도죠. 실제로 맨체스터 시티는 강한수 선수가 없을 때 조직력이 눈에 띄게 헐거워지며 공격 전개도 다소 단조로워지는 패턴을 보이기도 했습니다."

"아! 이때 왼쪽 측면으로 내주던 공을 카르바할 선수가 가로챕니다!"

다니엘 카르바할(Daniel Carvajal)은 월드 클래스급 오른쪽 풀백으로 그는 스페인 국가대표팀의 주전 풀백이기도 했다.

바이엘 04 레버쿠젠에 임대되어갔다가 레알 마드리드로 복귀한 뒤 그는 2013-2014시즌부터 꾸준히 뛰어난 활약을 펼쳐 보이며 레알 마드리드의 주전 풀백 자리를 견고하게 지키고 있었다.

실제로 맨체스터 시티의 우측 풀백인 다닐루는 한때 카르바할의 백업이었던 적이 있었다. 맨체스터 시티의 주전 풀백은 카일 워커지만 그만큼 레알 마드리드의 스쿼드가 대단히 두터울 뿐 아니라 선수단 능력도 엄청나게 뛰어나다는 걸 의미했다.

다니엘 카르바할은 173㎝의 작은 키에도 불구하고 저돌적인 움직임을 보이며 빠른 속도로 돌파를 시작했다.

순식간에 그가 하프웨이 라인(Halfway Line)을 넘어서기 시작했다.

맨체스터 시티의 좌측면 미드필더인 르로이 사네가 카르바할을 붙잡고 늘어졌다.

그러는 한편 좌측 풀백인 벤자민 멘디가 협력수비를 하기 시작했다.

하지만 다니엘 카르바할은 영리했다.

그는 두 선수가 자신을 상대로 협력 수비를 하기 전 맨체스터 시티의 페널티 에어리어 안쪽으로 그대로 크로스를 올렸다.

동시에 등번호 7번이 마킹된 선수가 훌쩍 뛰어올랐다.

가공할 만한 점프력으로 뛰어오른 그가 머리를 가져다 대며 공의 궤도를 비틀었다.

"크읍."

어느 순간 클라우디오 브라보를 밀어내고 주전 골키퍼 자리를 확고히 지키고 있는 에데르손이 손을 뻗었고 가까스로 공을 걷어내는 데 성공했다.

하지만 한 끗 차이였다.

레알 마드리드의 레전드가 되었고 지금도 레전드로서 역

사를 써 내려가고 있는 크리스티아누 호날두가 아쉬움을 토로했다.

그러는 한편 그는 다니엘 카르바할에게 엄지손가락을 치켜드는 것도 잊지 않았다.

"아, 정말 아쉽습니다! 크리스티아누 호날두가 이 찬스를 날려 버리는군요."

"맨체스터 시티에서도 존 스톤스 선수가 경합을 해주긴 했지만, 점프력에서 많이 밀렸습니다. 맨체스터 시티는 크리스티아누 호날두 선수의 저 가공할 점프력을 주의해야 할 필요가 있습니다. 현재 9번 역할의 포워드로 뛰고 있는 크리스티아누 호날두 선수는 신체의 어느 부위든 마음껏 이용해서 골을 넣을 수 있는 특급 스트라이커입니다!"

코너킥을 차기 위해 달려간 선수는 토니 크로스였다.

바이에른 뮌헨의 골키퍼 마누엘 노이어가 한수를 보고 떠올렸던 이름이기도 했다.

컴퓨터 패스로 유명한 그가 코너킥을 준비하기 시작하자 맨체스터 시티 선수들 얼굴에 긴장감이 어렸다.

레알 마드리드 선수들의 가장 큰 강점은 선수단 전원이 크로스가 뛰어나다는 것이다.

토니 크로스나 루카 모드리치는 말할 필요 없고 양쪽 주전 풀백의 크로스 실력도 매우 좋다.

거기에 카림 벤제마나 이스코도 크로스 실력이 훌륭하다 보니 레알 마드리드는 크로스나 코너킥을 통해 득점한 적이 꽤 많았다.

게다가 레알 마드리드에는 골 넣는 수비수 세르히오 라모스와 가레스 베일 그리고 크리스티아누 호날두가 있었다.

토니 크로스가 예술적인 궤적을 그리며 떨어지는 크로스를 띄워 올렸다.

아슬아슬하게 세르히오 라모스 머리에 걸릴 뻔한 공이 그대로 뒤로 흘렀다.

동시에 한 선수가 공을 붙잡았다.

그는 강한수였다.

어느새 수비지역까지 커버를 온 한수가 루즈볼을 잡았고 그는 그대로 넓은 시야를 활용해서 경기장을 폭넓게 바라봤다.

동시에 한수 시야에 수비수 두 명을 달고 아슬아슬하게 오프사이드 라인을 유지한 채 골문으로 쇄도해 들어가고 있는 선수가 잡혔다.

그는 주저하지 않고 제자리에서 선 채 발목 힘만을 이용해서 멀리 크로스를 차올렸다.

'미친. 저게 뭐야?'

한수를 막기 위해 뛰어오던 루카 모드리치가 눈을 휘둥그레 떴다.

상식적으로는 이해할 수 없는 일이 생겼다.

'저 공이 아게로한테 전달될 리가 없……'

그러나 루카 모드리치의 생각과는 정반대가 되었다.

공은 절묘하게 세르히오 쿤 아게로가 뛰어가던 방향 바로 앞에 살포시 안착한 뒤 천천히 구르기 시작했다.

레알 마드리드의 골키퍼 케일러 나바스가 각도를 좁히며 뛰쳐나올 때 혼자 전방에 나가 있던 세르히오 쿤 아게로가 한수가 패스한 공을 붙잡자마자 그대로 강슛을 때렸다.

콰앙!

엄청난 슈팅이 레알 마드리드의 골문을 향해 쇄도해 들어갔다.

그러나 아쉽게도 그 슈팅은 골대를 살짝 비껴갔다.

"으아아악!"

"어후."

양 팀 팬들이 저마다 다른 소리를 냈다.

맨체스터 시티 팬들은 비명을 내지른 반면 레알 마드리드 팬들은 한숨을 토해냈다.

"와, 진짜 대단하네. 실제로 보니까 더 믿어지지 않는걸?"

"조금 전 봤어? 거의 70m 가까이 날아간 거 맞지?"

"문제는 그 와중에 정확도가 무지막지했다는 거야. 와, 저기서 바로 코앞에 떨어질 줄은 몰랐네."

반면에 맨체스터 시티 팬들은 인상을 구겼다.

"아게로 저 빌어먹을 놈은 어째서 저 쉬운 것도 넣지 못하는 건데!"

"으아악! 한스의 패스를 저렇게 말아먹을 수 있는 거야? 젠장!"

"다음 시즌에 월드 클래스급 공격수를 구하지 않는다면 트레블은 말도 안 되는 헛소리가 될 게 분명해."

"이번 시즌은 한스 덕분에 여기까지 올 수 있던 거라고. 한스가 재계약하지 않고 이대로 은퇴해 버리면 그 공백은 어떻게 메우지?"

"젠장! 한스를 무조건 붙잡아야 돼!"

경기가 점점 치열해지기 시작했다.

양 팀 선수들 모두 몸싸움을 주저하지 않았다.

그리고 거친 플레이가 나오면서 주심이 품에서 옐로카드를 꺼내는 횟수가 늘어났다.

그러는 사이 전반전은 하릴없이 15분이 지나갔다.

여전히 루카 모드리치는 한수를 맨마킹 중이었고 한수도 루카 모드리치를 상대로 고전을 면치 못하고 있었다.

한수가 받아들인 재능들이 어마어마한 건 맞지만 루카 모드리치 또한 월드 클래스급 선수이기 때문이다.

그렇지만 모드리치에게도 단점은 존재했다.

한수는 아직 젊지만 루카 모드리치는 나이가 있었다.

언제까지 이 맨마킹이 계속되리란 보장은 없었다.

더군다나 루카 모드리치가 한수를 막는 데 주력하면서 레알 마드리드의 패스도 유기적으로 이루어지지 못하고 있었다.

카세미루는 원래 투박한 선수였고 토니 크로스 혼자 모든 걸 조율하기에는 맨체스터 시티의 전진 압박도 주요하게 먹혀들고 있었기 때문이다.

그리고 전반전이 30분 가까이 지날 무렵이었다.

다시 한번 한수에게 패스가 전달됐다.

루카 모드리치가 한수의 크로스를 막기 위해 신중하게 주의를 기울일 때 한수가 움직이기 시작했다. 그리고 그의 발끝에서 현란한 개인기가 펼쳐졌다.

「마스크싱어」에서 한수는 위풍당당 아수라 백작의 가면을 쓰고 참가해서 가왕의 자리에 오른 적이 있었다.

그가 세운 목표는 「마스크싱어」 제작진이 일부러 꾸민 게 아니냐는 논란에 몇 번 휩싸였다가 그게 루머인 게 밝혀진 뒤 불멸의 기록이 되었다.

그러나 한수는 프리미어리그에서도 비슷한 별명으로 불리고 있었다.

지킬&하이드.

위풍당당 아수라 백작처럼 또는 지킬&하이드처럼 한수는

두 가지 얼굴이 있었다.

클래식 윙어와 윙 포워드. 지금 한수의 모습은 윙 포워드였다.

루카 모드리치도 그것을 잘 알고 있었다. 그는 한수가 드리블을 치기 시작하자 곧장 대응할 준비에 나섰다.

하지만 그보다 한수가 한발 빨랐다.

한수는 루카 모드리치가 대응하기도 전에 빠른 속도로 드리블을 하며 그를 꿰뚫고 보다 앞서 전진하기 시작했다.

뒤늦게 카세미루가 백업에 들어왔다.

그러나 두 미드필더도 현란한 한수의 개인기 앞에서는 이렇다 할 움직임을 보이지 못했다.

"와아아아!"

맨체스터 시티 팬들 사이에서 환호성이 일었다. 그들 모두 경기장에서 마법을 부리는 한수를 보며 혀를 내둘렀다.

믿어지지 않은, 그야말로 엄청난 활약이었다.

순식간에 세계적인 미드필더 두 명을 뚫어낸 한수는 골대를 향해 빠른 속도로 공을 밀고 들어갔다.

세르히오 쿤 아게로와 케빈 더 브라이너가 그런 한수를 위해 수비수들의 시야를 분산시켜줬다.

"강한수 선수가 중앙으로 공을 몰고 들어갑니다!"

"처음에만 해도 전문가들은 강한수 선수를 클래식 윙어로 생각했습니다. 그가 주로 크로스를 이용해서 수비수의 뒷공간을 허물었기 때문인데요. 그러다가 그의 역할이 단순히 하나에만 고정되어 있지 않다는 걸 알 수 있었죠."

"그럼 강한수 선수는 모든 포지션을 소화할 수 있는 건가요?"

"예, 그렇습니다. 강한수 선수는 이론적으로는 골키퍼를 제외한 모든 포지션을 소화할 수 있다고 스스로 밝힌 적이 있죠. 다만 펩 과르디올라 감독은 강한수 선수가 자신의 강점을 모두 다 발휘할 수 있는 포지션은 프리롤의 플레이메이커로 밝혔고요."

지금도 한수는 중앙 공격형 미드필더로 뛰는 중이었다.

양 날개에는 르로이 사네와 케빈 더 브라이너가 올라오고 있었고 뒤를 다비드 실바와 페르난딩요가 받치고 있었다.

그렇게 레알 마드리드의 수비진이 붕괴된 사이 한수는 역사에 남을 만한 모습을 보였다.

분산된 디펜더 중에서도 한수를 따라붙은 건 두 명의 센터백이었다.

공격적인 면에 비해 수비적인 면이 과소평가되고 있지만 세르히오 라모스와 라파엘 바란, 두 센터백의 수비 범위는 엄청나게 넓다.

뒷공간을 필연적으로 내줘야 하는 레알 마드리드의 수비를 커버하기 위함이다. 그 두 선수가 한수를 강하게 압박했다.

그러나 한수는 여유로웠다.

그는 더 빠른 가속도를 이용했다.

「IBC Sports」 채널에 대한 경험치는 100% 모두 쌓인 지 오래다.

그 덕분에 한수는 신체적인 강점을 더 제대로 발휘할 수 있게 됐다.

순간적으로 한수는 센터백 두 명을 달고 뛰기 시작했고 거칠게 압박해 들어오는 두 명은 한수를 상대로 공을 뺏어낼 수 없었다.

마치 공이 한수의 발끝에 자석처럼 매달린 채 움직이고 있었기 때문이다.

"막아!"

레알 마드리드의 센터백이자 주장이기도 한 세르히오 라모스가 선수들을 독려하며 한수를 막아내려 했다.

하지만 소용없었다.

한수는 그 작은 페널티 박스 안에서 신출귀몰한 움직임을 보이며 센터백들을 따돌렸고 빠른 속도로 슈팅을 때리는 데 성공했다. 그리고 얼마 지나지 않아 한수의 슈팅은 단숨에 골망을 흔들었다.

철썩-

알면서도 막을 수 없는 슈팅이었다.

"강한수 선수가! 한국인 최초로 챔피언스리그에서 결승골을 터뜨리는 데 성공합니다! 크흐흑."

캐스터 양현수가 감정에 북받쳐 소리를 내질렀다.

"정말 완벽한 슈팅이었습니다. 그리고 그 전에 완벽한 드리블이 선행됐고요. 저는 순간 리오넬 메시 선수를 보는 줄 알았습니다. 그런데 챔피언스리그 결승전에서 저런 골을 터뜨릴 줄은…… 전혀 생각지도 못했습니다."

안문호 해설도 믿어지지 않는다는 듯 고개를 절레절레 저었다.

한수는 그대로 스타드 드 프랑스를 질주했다.

그가 포효하며 맨체스터 시티의 로고를 가리켰다. 그리고 맨체스터 시티 팬들이 모여 있는 곳으로 향해 미끄러지며 세레모니를 펼쳤다.

바로 저곳에서 부모님이 자신의 경기를 직관하고 있을 터였다.

두 분에게 보여주고 싶었다.

이게 바로 강한수라고.

"한스!"

"한스!"

팬들이 울리는 그 소리가 스타드 드 프랑스를 가득 메우기 시작했다.

환호성이 터져 나왔다.

개중 몇몇 극성 팬들은 웃통을 벗어던진 채 목소리가 쉬도록 비명을 질러대고 있었다.

사상 최초로 결승전에 오른 것도 모자라 사상 최초로 챔피언스리그 우승을 차지할 수 있는 순간이 코앞까지 다가온 상태였다.

한수가 한 골을 넣었지만 레알 마드리드 선수들은 동요하지 않았다.

그들은 침착하려 애쓰고 있었다.

"대단하긴 대단하네. 그러나 문제없어. 한 명한테 뚫린 것뿐이야. 다음번에 또 그러면 반칙으로 먼저 끊어 버려. 페널티 박스 안에만 들어오지 못하게 막으면 돼."

세르히오 라모스가 선수단을 독려했다.

"세르히오 말이 맞아. 아직 경기는 55분 넘게 남아 있어."

마르셀루도 한마디를 거들었다.

그들이 재차 힘을 냈다. 여기서 질 수는 없었다.

그들도 기록을 쌓아가고 있었다. 2연속 트레블과 3연속 챔피언스리그 제패.

만약 이 금자탑만 쌓을 수 있다면 바르셀로나처럼 레알 마드리드도 왕조를 쌓을 수 있었다.

그러나 그들의 기대가 허물어진 건 얼마 지나지 않아서였다.

📺

전반전이 끝나고 선수들은 라커룸으로 향했다. 레알 마드리드 선수들의 얼굴은 매우 지쳐 있었다. 특히 디펜더스들은 얼이 빠진 상태였다.

그럴 수밖에 없었다. 경기장을 빠져나가는 그들 뒤로 비추는 전광판에 뜬 숫자는 2 대 0이었다.

맨체스터 시티가 2골로 앞서 달아나가고 있었다.

그리고 그것을 만들어낸 건 강한수였다.

강한수는 개인 실력만으로 두 골을 넣는 데 성공했다.

맨체스터 시티 센터백들은 알면서도 당하고 말았다.

강한수를 막으려면 반칙을 써야 했는데 그것 때문에 이미 세르히오 라모스와 라파엘 바란은 옐로카드를 하나씩 적립해둔 상태였다.

그 모든 게 강한수를 막으려다가 벌어진 일이었다. 그렇다고 반칙을 써서 그를 막는다고 해도 해결될 일이 아니었다.

그러면 프리킥 찬스가 주어질 테고 강한수가 프리키커로 나서게 될 텐데 그의 프리킥 성공률은 다른 선수들에 비해 훨씬 높기 때문이다.

전반전이 끝난 뒤 양현수 캐스터와 안문호 해설도 잠시 쉬는 시간을 갖고 있었다.

양현수 캐스터가 안문호 해설을 보며 물었다.

"문호 형, 어때요?"

"뭘 묻는 건데?"

"강한수요."

"너도 봤잖아. 그냥 걔는 사기야, 사기."

"리오넬 메시 정도겠죠?"

"……그 이상이야. 리오넬 메시에게도 약점은 존재하잖아."

"키가 작으니까 헤딩을 못 하긴 하죠. 그것 빼면……."

"나이가 먹으면서 활동량도 눈에 띄게 줄어들었지. 전성기 시절과 비교해 보면 드리블 돌파도 줄었고. 그건 나이를 먹으면 자연스럽게 일어나는 일이긴 해. 그래서 크리스티아누 호날두도 스스로 스타일을 바꾼 거고."

"그건 그렇죠."

"근데 강한수가 올해 몇 살이야? 스물넷이잖아. 아직도 창창하다는 거야. 적어도 6년은 축구 선수로 뛰면서 전성기를 구가할 수 있다는 거지. 대부분 크리스티아누 호날두와 리오넬 메시가 은퇴하면 그 이후엔 네이마르가 유력한 발롱도르 후보라고 생각했어. 최근 들어서는 이스코도 유력후보로 올라서고 있었고."

"그런데요?"

"강한수가 거기 낀 거야. 그리고 그것만이 아니지. 국가대항전을 생각해 봐. 항상 사람들은 그런 가설을 세워놓곤 했잖아. 우리 국가 대표팀에 리오넬 메시가 들어오면 어떨 거 같냐고."

"예, 그랬죠. 그럼 설마……."

"강한수가 국가 대표팀에 선발되면 어떻게 될 거 같냐?"

"……하하."

양현수 캐스터가 식은땀을 흘렸다.

그것도 잠시 안문호 해설이 담배를 태우며 쓰디쓴 목소리로 말했다.

"그래 봤자 의미 없는 가정이야. 강한수는 이번 챔피언스리그를 끝으로 은퇴한다고 아예 기자회견에서 못을 박아버렸으니까."

안문호 해설이 눈매를 좁혔다.

챔피언스리그 결승전을 하루 앞두고 기자회견이 열린 날.

지네딘 지단이 아직도 강한수를 어떻게 해야 막을 수 있을지 모르겠어서 머릿속이 복잡하다고 이야기했을 때 강한수는 기자회견장에서 폭탄선언을 했다.

레알 마드리드, 바르셀로나를 비롯한 수많은 구단이 이적 제의를 해오고 있지만, 이번 챔피언스리그 결승전이 끝나면 은퇴하겠다는 결심은 변함없으며 더 이상 축구 선수로 뛸 의사가 없다고 밝힌 것이었다.

그것을 보고 안문호 해설이 제일 먼저 떠올린 사람들은 축구협회 사람들이었다.

그는 대한민국 축구협회 임원들이 강한수를 이용해서 조별 리그도 통과 못 했던 2018월드컵 이슈를 묻고 2022월드컵에서는 최고의 성과를 내겠다고 기자회견을 열려 했던 것을 알고 있었다.

그러나 강한수가 그것을 알았는지 몰랐는지 모르지만, 은퇴를 선언해 버렸고 대한민국 축구협회는 그를 선수로 기용할 수 있는 명분이 사라져 버린 것이었다.

'뭐, 애초에 강한수가 국가 대표팀으로 뛸 거 같지도 않지만.'

안문호 해설은 담배를 마저 태웠다. 입술 끝이 씁쓸했다.

한국인으로 세계 무대의 정점에 올라선 축구 선수를 보고 있어서 기뻐야 했지만, 한편으로는 그 선수가 바로 내일이면 은퇴한다는 생각에 그의 활약을 더 이상 볼 수 없다는 게 서글펐기 때문이다.

그래도 중계는 계속해야 했다.

오늘 밤 저 자리에서 챔피언스리그 우승컵, 빅이어(Big Ear)를 들어 올리게 될 강한수를 볼 수 있게 될 테니까.

챔피언스리그 결승전이 끝났다.

경기 결과는 3 대 1이었다.

후반전이 시작하고 크리스티아누 호날두가 만회골을 넣으며 맨체스터 시티를 따라잡는가 했지만 강한수가 재차 해트트릭을 터뜨리며 승부에 쐐기를 박았다.

경기가 끝나고 펩 과르디올라 감독은 그대로 그라운드에 주저앉았다.

그는 믿고 있었다. 선수단을, 그리고 강한수를.

그리고 자신의 그 믿음은 그대로 실현되었다.

트레블. 문제는 그 이후였지만 지금은 이 축제를 즐겨도 됐다.

한수는 주심이 휘슬을 불어서 경기를 종료시킨 순간 숨을 거칠게 토해냈다.

경기가 끝났다는 게 믿어지지 않았다. 아직도 경기가 계속되고 있는 것만 같았다. 그러나 하나둘 유니폼을 벗으며 팬들을 향해 환호성을 내지르는 선수들을 보며 한수는 입가에 미소를 그릴 수 있었다.

한수도 자리에서 일어나려 할 때였다.

"으윽."

오른쪽 발목이 쑤신 듯 아팠다.

통증이 밀려들었다. 그가 입술을 깨물었다.

예상은 했다. 오늘은 마지막 경기인만큼 평소보다 무리했고 더 많은 능력을 끌어다 썼다. 그것 때문에 신체적인 부담이 적지 않았다.

그 덕분에 해트트릭을 기록할 수 있었지만, 원래는 이렇게 하면 안 되는 것이었다.

한수가 애써 일어섰다. 그때 한 선수가 한수에게 다가왔다. 그는 크리스티아누 호날두였다.

리오넬 메시와 더불어 시대를 양분하고 있던 선수.

그가 한수에게 유니폼을 건네며 말했다.

"우승 축하한다, 한스."

"고마워요, 크리스티아누."

"오늘 너는 진짜 최고였어. 그런데 네가 은퇴한다는 이야기를 들었어. 진짜야?"

한수가 웃으며 대답했다.

"그럼요. 남자는 말을 번복하는 게 아니거든요. 다시 이 그라운드로 돌아올 일은 없을 거예요."

한수가 유니폼을 벗어 건넸다.

크리스티아누 호날두가 그 말에 미소 지으며 말했다.

"네가 계속 선수 생활을 한다면 진지하게 은퇴해야 하나 고민하려 했는데 한두 해는 더 선수로 뛰어도 되겠어. 하하."

뒤돌아서는 크리스티아누 호날두를 보던 한수는 스태프에

게 다시 유니폼을 건네받았다.

　지난 한 시즌 동안 있었던 모든 경기가 끝이 났다. 그리고 축구 선수로서의 삶도 완전히 마무리됐다.

　이제 남은 건 그 결실을 즐길 때였다.

CHAPTER
3

　한수가 챔피언스리그 우승컵을 들어 올린 그 순간 그 사진은 전 세계 모든 뉴스와 신문 1페이지를 장식했다.

　축구 선수로 뛰어본 적이 없는 무명의 선수가 1,800만 파운드에 맨체스터 시티에 입단했을 때만 해도 수많은 전문가가 한수의 실패를 단언했다.

　그들이 보기에 한수는 실패할 수밖에 없었다.

　하지만 한수는 그것을 보란 듯이 편견이라고 주장하듯 맹활약하기 시작했고 프리미어리그 우승과 도움왕을 차지했고 시즌 MVP를 수상했다.

　FA컵에서도 한수의 활약은 계속됐다. 그리고 대망의 챔피언스리그.

그는 레알 마드리드를 상대로 결승전에서 해트트릭을 터뜨리며 그야말로 최고의 활약을 선보였다. 그리고 곧장 은퇴해 버린 강한수는 많은 사람에게 신기루 같은 존재로 보였다.

챔피언스리그 결승전이 끝난 뒤 한수는 맨체스터 시티 선수들과 축제를 즐기고 그다음 날 맨체스터로 돌아왔다.

맨체스터에는 정말 많은 팬이 구름처럼 운집해 있었다.

선수단은 맨체스터 시티 버스를 타고 시내를 행진했다.

그들 손에는 빅이어가 들려 있었다. 사람들의 환호성이 뒤를 쫓았고 맨체스터 시티 선수단은 그들을 응원했던 수많은 팬을 향해 다시 한번 고마움을 표했다. 그렇게 축하 행사가 마무리된 뒤 한수는 만수르를 독대할 수 있었다.

한수는 오른쪽 발목에 깁스를 하고 있었다.

심각한 건 아니었다. 챔피언스리그 결승전에서 무리한 것 때문에 근육 통증이 있었고 그래서 의사의 권유대로 깁스를 한 것뿐이었다.

하지만 한동안 뛰는 건 어려울 듯했고 가급적이면 휴식을 취하는 게 좋겠다는 게 의사의 진단이었다.

"어서 오게, 내 영웅!"

만수르가 한수를 끌어안았다. 허물없는 그 태도에 보좌관이 깜짝 놀랐지만, 그는 이내 고개를 끄덕였다.

챔피언스리그 결승전에서 그렇게 맹활약한 강한수라면 저

정도 대우는 충분히 받을 만했다.

"감사합니다. 구단, 아니, 왕자님."

"하하, 벌써 선을 긋는 건가? 이제 맨체스터 시티 소속 선수가 아니라는 거겠지?"

"예, 은퇴해야죠."

"이야기 들었네. 레알 마드리드가 FA가 된 자네를 영입하려 한다더군. 지네딘 지단 감독이 당신을 탐내고 있다지?"

"……사실입니다."

챔피언스리그 결승전이 끝난 뒤 정말 많은 사람이 한수를 만나고 싶어 했다. 그들 대부분이 에이전트였다.

개중에는 조세 무리뉴나 크리스티아누 호날두의 에이전트인 호르헤 멘데스나 폴 포그바와 돈나룸마의 에이전트 미노 라이올라도 있었다.

그뿐만 아니라 경기가 끝난 직후 연락처를 교환한 지네딘 지단은 한수에게 주급으로만 40만 유로를 제시하기도 했다.

"물론 중국에 비할 바는 아니더군. 하하."

한수가 멋쩍게 웃었다.

중국 상하이 선화에서는 은퇴한다는 한수가 자신의 구단에서 뛸 경우 주급으로 100만 파운드를 주겠다고 호언장담한 상태였다.

주급으로 100만 파운드라는 건 매주 경기에 뛰지 않아도

17억 원을 받을 수 있다는 뜻이었다.

"걱정하지 않으셔도 됩니다, 왕자님. 은퇴하겠다는 제 결심은 번복될 리 없을 테니까요."

"그럼 이제는 무엇을 하려 하나?"

"글쎄요. 왕자님께서 트레블한 걸로 보너스도 두둑하게 주신만큼 그 돈으로 조금 푹 쉬려고요. 그동안 너무 바쁘게 달린 것 같아서요."

거의 1년을 축구 선수로 생활했다.

덕분에 트레블을 이루긴 했지만, 너무 시간이 빨리 지나가 버린 것도 사실이었다.

"만약 은퇴를 번복할 의사가 있다면 언제든지 연락 주게. 기다리고 있겠네."

"감사합니다, 왕자님. 아, 그리고 람보르기니는 잘 타겠습니다. 페라리도요."

"……알고 있었나?"

"경품 행사로 페라리 812 슈퍼패스트를 준다는 건 애초에 말이 안 되지 않습니까? 어느 정도 짐작은 하고 있었습니다."

"그래. 자네를 위한 선물이니 마음껏 쓰게. 아, 그리고 보니 이걸 안 물어봤군. 자네는 내게 트레블이라는 정말 귀중한 선물을 해줬어. 원하는 게 있다면 말해보게. 무엇이든 다 들어주겠네. 왕가의 힘을 써서라도 돕도록 하지."

고민하던 한수가 웃으며 말했다.

"지금 당장 결정하지 않아도 되겠죠?"

"그럼. 언제든 내게 연락하게. 자네 전화는 보좌관을 통해서가 아니라 내가 직접 받을 거네."

한수가 미소를 지었다. 만수르와의 독대를 끝낸 뒤 한수가 귀국하기 전 아직 휴가를 떠나지 않은 맨체스터 시티 선수들과 따로 인사를 나눴다.

그들은 한수에게 아쉬움을 토로했다. 그들 모두 한수의 실력이 얼마나 뛰어난지 알고 있었다.

그랬기 때문에 그와 더 이상 함께 할 수 없다는 걸 서글퍼한 것이다. 가장 아쉬워한 건 케빈 더 브라이너였다.

한수는 맨체스터에서 머무르며 케빈 더 브라이너와 가장 많이 어울렸고 그랬기 때문에 작별은 더욱더 아쉬울 수밖에 없었다.

특히 한수가 OZN 채널을 구독한 뒤 위닝 일레븐 실력이 부쩍 늘은 덕분에 예전에는 한수가 무조건 졌다면 요즘은 나름 백중세를 유지 중이었다.

어디까지나 한수가 적당히 케빈 더 브라이너를 봐주는 것이긴 했지만 케빈 더 브라이너 입장에서는 함께 위닝 일레븐을 즐기던 호적수가 사라진 셈이었다.

"다음에 한국 갈 일 있으면 꼭 연락할게. 플레이스테이션4는 미리 사둬. 워닝 일레븐도."

"어, 마침 그럴 생각이었어."

"잘됐네. 다리는 괜찮은 거 맞지?"

"한두 달 정도 쉬면 된다고 했으니까 문제없을 거야."

"함께 뛸 수 있어서 영광이었다. 다음에 또…… 같이 뛸 기회가 생기면 좋겠어."

"고맙다. 덕배 네 덕분에 잘 적응할 수 있었어."

그리고 며칠 뒤 한수는 부모님과 함께 만수르의 전용기를 타고 인천국제공항에 조용히 귀국할 수 있었다.

한수가 기자들과 사람들이 몰릴 것을 우려했고 그것을 만수르가 흔쾌히 전용기를 내어준 것이다.

람보르기니 센테나리오 로드스터 같은 경우는 맨체스터 시티에서 화물선을 이용해서 보내주기로 협의된 상태였다.

그리고 한수는 오랜만에 고국 땅을 밟을 수 있었다.

귀국한 뒤 한수는 집에서 두문불출하며 바깥으로 나오지 않았다. 뒤늦게 한수가 귀국했다는 걸 알아차린 몇몇 사람이 한수를 만나고 싶어 했지만, 한수는 일체의 연락을 끊었다.

어차피 두 달 정도는 걷기도 힘든 상태였다. 그러나 사람들에게 한수는 국민적인 영웅이었다.

그들은 한수를 보고 싶어 했다. 그리고 그에게서 챔피언스리그 결승전 및 맨체스터 시티에서 주전으로 뛰었던 것에 대한 이야기를 듣고 싶어 했다.

실제로 대부분의 토크쇼 방송에서는 한수를 캐스팅 1순위에 올려놓고 있기도 했다. 그러나 한수는 방에서 나오지 않았다.

자신에게 쏠릴 사람들의 관심을 가장 잘 알고 있었기 때문이다.

그래도 한수는 연예계에서 친하게 지냈던 몇몇 사람과는 안부 인사 정도는 나누곤 했다. 그렇다고 해서 따로 외출해서 만난 건 아니었다.

애당초 한수는 두 달은 집에서 여유롭게 쉴 생각이었다. 한수는 한동안 집에 머무르며 그간 미뤄뒀던 일을 했다.

우선 그가 제일 먼저 한 것은 그동안 벌어둔 돈을 확인하는 일이었다.

한수의 수입은 맨체스터 시티에서 선수로 활약하는 동안 엄청나게 늘어난 상태였다.

맨체스터 시티 선수로 뛰며 받은 주급과 트레블을 기록하며 얻은 보너스 등이 엄청났다. 이것만 해도 백억 원에 달했다.

게다가 맨체스터 시티 선수로 뛰며 1년짜리 계약이긴 했지만, 광고 모델로 활동하며 얻은 부수적인 수입도 있었다.

그뿐만 아니라 구름나무 엔터테인먼트를 통해 받는 돈도 꽤 있었고 성욱에게 컵스테이크 소스 로열티로 받는 돈도 적지 않았다.

성욱은 한수가 점점 유명세를 타기 시작하자 아예 컵스테이크 소스를 한수가 개발했다고 입소문을 내며 제법 많은 가맹점을 모집한 뒤였다.

그렇게 해서 벌어들인 돈은 수백억 정도였다.

여기에 지하 주차장에는 페라리 812 슈퍼패스트가, 그리고 바다를 건너 람보르기니 센테나리오 로드스터가 들어오고 있었다.

한수가 자신의 보유 자산을 확인한 건 독립을 생각하고 있어서였다.

그는 한남동 인근에 집을 하나 구할 생각이었다. 보안이 잘 되고 기자들의 출입을 통제할 수 있는 그런 고급 주택을 생각 중이었다.

갑작스럽게 한수가 독립하려는 이유는 기자들 때문이었다. 기자들은 쉴 새 없이 아파트를 드나들었고 주민들을 불편하게 만들고 있었다.

그게 다 자신 때문에 벌어진 일인 만큼 아예 주소를 옮겨 버릴 생각이었다.

그렇다고 해서 기자들이 찾아오지 않는 건 아니지만 그래도 어느 정도 사생활이 보호될 수 있는 만큼 실효성은 있을 터였다.

부모님도 같이 이사 갈 것을 넌지시 권유했지만, 근처에 사는 친구들 때문인지 두 분은 선뜻 이사할 생각을 하지 않고 있었다.

그동안 벌어들인 돈을 확인한 뒤 한수는 자신이 확보한 채널을 점검했다.

그동안 시간이 흐른 만큼 적지 않은 채널을 확보하긴 했지만, 개중에서 100% 이상 쌓은 채널은 손에 꼽을 정도였다. 더 많은 채널을 빠르게 확보할 뿐만 아니라 경험치도 최대한 빨리 쌓아야 할 필요가 있었다.

궁극적인 목표, 채널 마스터를 위해서였다. 그래도 이왕 두 달 정도 쉬기로 한 김에 한수는 일단 자신의 방에 아지트를 꾸민 채 푹 쉴 생각이었다. 그리고 챔피언스리그 결승전에서 우승한 뒤 무엇을 할지 생각해 둔 것도 있었다.

얼마 뒤 한수의 집으로 택배가 여럿 날아오기 시작했다.

히어로즈 오브 레전드는 국내에서 가장 흥행 중인 게임이다.

가을에는 히어로즈 컵이 열리기 때문에 리그가 열리지 않지만, 가을을 뺀 봄, 여름, 겨울에는 리그가 열리고 많은 선수가 우승을 다툰다.

5인 AOS 게임인 만큼 히어로즈 오브 레전드는 팀원들 간의 합이 무엇보다 중요하다.

물론 솔로 랭크에서는 개인의 역량이 더 빛을 발한다.

라인전에서 찍어 누르는 순간 게임은 터지기 때문이다. 한수는 명실상부한 히어로즈 오브 레전드 브론즈였다. OZN 채널을 구독했지만, 한수는 의도적으로 히어로즈 오브 레전드는 보지 않았다.

자신의 순수한 실력만으로 심해를 탈출해서 챌린저까지 오를 수 있다고 믿었기 때문이다.

그리고 두 달 정도 쉬는 동안 한수는 집에서 히어로즈 오브 레전드에 몰두할 생각이었다.

그동안 쉰 것도 있고 또 친구들에게 만년 브론즈라고 무시당하는 그 서러움을 떨쳐내기 위해서였다.

프리미어리그, FA컵 그리고 챔피언스리그까지. 트레블을 달성한 만큼 한수는 부쩍 자신감에 차 있었다. 그 힘들다는 트레블을 달성했는데 히어로즈 오브 레전드 심해 탈출이 뭐가 어렵겠냐는 생각을 하고 있는 것도 사실이었다.

그렇게 한수는 트위치TV를 킨 채 방송을 시작했다.

혼자 게임을 하는 것보다는 시청자들과 함께 소통하는 방송도 재미있을 것 같아서였다. 그러나 캠을 켠 것도 아니고, 이름을 밝힌 것도 아니어서 한수 방의 시청자는 10명을 넘긴 적이 드물었다.

기껏해야 한두 명 정도가 다였다. 그리고 그 날도 어김없이 한수가 히어로즈 오브 레전드를 하고 있을 무렵 시청자 한 명이 들어왔다.

그는 조용히 한수의 플레이를 보더니 채팅을 치기 시작했다.

-와, X발. 진짜 눈썩이네.
-스트리머님, 이딴 실력으로 뭐하러 방송킴?
-욕먹고 싶으셨세요?
-진지하게 히오레 접고 노가다 뛰는 거 추천 드림. ㄹㅇ
-브론즈가 괜히 브론즈인 게 아님.
-ㅋㅋㅋㅋㅋㅋ
-제가 갓벤에 님 주소 링크해 뒀음.

얼마 지나지 않아 많아 봤자 열 명이던 시청자 수가 조금씩 늘기 시작했다.

그들 대부분 세계정부 갓벤에서 몰려온 시청자들이었다.

-진짜 ㅋㅋㅋ 어이가 없네.

-아니, 거기서 Q를 왜 써요. 상황판단 HELL이네.

-캬, 이게 바로 불지옥이라 불리는 심해세상이구나.

-한스 님? 진지하게 충고하는데 게임 접으세요. 님 실력으로는 백날 해봤자 골드 못 감.

-진짜…… 내 친구한테 잘해줘야겠다. 그 녀석은 그래도 사람답게 하는 거였네. 와…… ㅋㅋㅋ 개판이네. 개판.

한수는 부글부글 끓는 속을 억눌렀다.

벌써 일주일이 지났다.

그동안 꾸준히 스트리머를 하며 히어로즈 오브 레전드를 즐겼다.

그러나 여전히 그는 브론즈5에서 헤매고 있었다.

시청자 수는 스무 명 안팎으로 늘었지만, 그들 대부분이 한수가 얼마나 못 하는지 보려고 온 사람들이었다.

그리고 한동안 한수는 방송을 켜지 않았다.

갓벤도 조용해졌다.

며칠 뒤 갓벤에 글이 올라왔다.

-그 병신, 다시 방송 시작함 ㅋㅋㅋㅋ

한수가 재차 방송을 켰다.

히어로즈 오브 레전드(Herose Of Legend)는 국민 게임이 된지 꽤 오래되었다.

케이블 방송국에서 가을을 뺀 나머지 세 계절 동안 매번 리그를 개최하고 있고 가을에는 전 세계를 무대로 한 홀드컵 대회가 열린다.

당연히 국내 PC방 점유율도 압도적으로 높고 즐기는 인구도 많은 편이다.

한수는 며칠 동안 OZN 채널을 집중적으로 파고들었다.

계속해서 경험치가 쌓였고 한수는 그동안 자신이 못 보던 것들을 볼 수 있게 되었다.

소위 말하는 킬각이었다.

그뿐만이 아니었다. 무빙이 날카로워졌고 CS 수급이 원활해졌다.

그리고 한수는 재차 방송을 켰다.

한수는 캠도 켜지 않고 마이크도 켜지 않는다.

방송을 켜고 시작한 뒤 서너 시간 정도 게임을 즐기다가 끈다.

그렇다 보니 한수가 누군지는 아무도 몰랐다.

간혹 갓벤에 심해탐험을 할 수 있다고 홍보 글이 올라오면 시청자 수가 소폭 늘 뿐이다.

-심해는 알면 알수록 놀라운 세계란 말이야.

-진짜 스킬샷이 전혀 엉뚱한 곳으로 날아가는데 맞는 거 보고 소름 돋음.

-아마 엠페러(Emperor)도 심해 오면 버티지 못하고 멘탈 펑펑 터질걸?

-그렇겠지?

-AOS 게임은 혼자서는 한계가 분명히 있으니까. 혼자 잘한다고 해서 탑하고 바텀 라인 터지면 뭔 소용이야?

-ㅋㅋ 어? 잠깐만. 한스 개 방송 또 켰다.

-한스가 누군데?

-얼마 전부터 홀 방송하기 시작한 스트리머인데 심해야. 브론즈5인데 진짜 개 못함 ㅋㅋ

-그래? 한번 보러 갈까?

갓벤 유저들은 하나둘 심해 탐험방에 들어왔다.

게임은 시작한 지 조금 시간이 지나 있었다. 그리고 화면에는 지금 플레이 중인 한스의 스코어가 떠 있었다.

2킬 0데스 1어시스트.

-뭐야? 2킬? 시작한 지 3분도 안 됐는데?

-님들 이거 어떻게 된 거임?

미리 와서 방송을 보고 있던 시청자들이 그들 질문에 대꾸를 해왔다.

-며칠 쉬는 동안 폐관 수련이라도 하고 왔나 봐요. ㄷㄷ

-시작하자마자 2렙 라인전에서 솔로킬 따더니 조금 전에는 정글러 하고 미드라이너 함께 땄음.

-헐. 대박.

-대리 아님?

-뭐, 모르죠. 진짜 대리인가?

대리는 상위 티어의 플레이어가 돈을 받고 대신 게임을 해주는 행위를 의미한다. 무조건 지양해야 하는 일이기도 하다.

-대리 뛸 거였으면 애초에 방송을 켜지 않았겠지.

-방송 켜고 대리 하는 경우도 있냐?

-그럼 이건 뭔데? 와, X발. 방금 뭐냐? 저게 킬각이었다고? 이게 말이 돼? 며칠 전만 해도 완전…… 병신이었는데. 나 순

간 놀란 거 아냐? 저걸 어떻게 킬각을 잡지?

   시청자들이 야단법석을 떨어댔다. 그도 그럴 만한 게 불과 며칠 전까지만 해도 한스는 심해인이었다. 스킬 적중률은 형편없었고 걸핏하면 상대 팀 정글러한테 갱킹(Gangking)을 당하기 일쑤였다.
   그러나 지금 한수가 보여주는 활약은 브론즈급 미드라이너가 보여줄 수 있는 모습이 아니었다.

  -아, 재미없어. 오늘도 빵빵 터지려나 했는데 전혀 아니네. 그냥 다른 방송이나 보러 가야겠다.
  -나도. 너무 잘하니까 오히려 볼 맛이 안 난다.

   시청자들이 투덜거리며 방송을 빠져나갔다.
   그러나 한수는 아랑곳하지 않고 방송은 켜둔 채 히어로즈 오브 레전드에 집중했다.
   조금 더 이렇게 푹 쉬고 싶었다.
   그러나 그로부터 며칠 뒤 한수의 집을 찾아온 사람이 있었다.

한수가 귀국했다는 게 알려진 뒤 그를 찾는 사람은 무진장 많았다.

단순히 연예계뿐만이 아니었다. 저명한 축구계 인사도 한수를 만나고 싶어 했다.

그들이 한수를 만나려 하는 이유는 하나였다.

2022년에 열리는 월드컵에 국가대표팀에 승선해서 참가해 줄 것을 원하는 것이다.

올해 한수의 나이 스물넷, 2022년이 된다고 해도 스물여덟 살밖에 안 되기 때문에 축구 선수로 충분히 뛸 수 있기 때문이다.

그래서 그들은 한수가 은퇴를 번복하고 계속 축구 선수로서 활약해 주길 원했다.

챔피언스리그에서 해트트릭을 터트리며 대회 MVP뿐만 아니라 2018-2019시즌 유럽 TOP 11에 들기도 했다.

국내 축구계 인사만 한수를 찾은 건 아니었다.

이름만 들어도 알법한 에이전트들과 세계적으로 그 명성이 자자한 여러 클럽의 대리인도 한수를 찾아왔었다.

그들은 여전히 한수를 영입하기 위해 백방으로 노력을 기울이고 있었다.

한수가 더 이상 축구 선수로는 뛰지 않겠다고 공언을 했음에도 불구하고 말이다.

실제로 맨체스터 시티를 비롯한 대형 구단뿐만 아니라 작은 규모의 구단에서도 한수를 영입하고 싶어 했다.

어떤 곳은 팬들이 탄원서를 써서 낸 것을 모아서 한수에게 전달하기도 했다.

이탈리아 프로축구 리그인 세리에 B 리그에 소속되어 있는 페스카라라는 팀이었는데 실제로 천 명이 넘는 팬들이 페스카라 구단주에게 탄원서를 낸 것이었다.

그들의 정성을 모르는 건 아니지만 한수는 웬만해서는 축구 선수로 뛸 생각이 없었다.

만약 굳이 뛴다고 하면 후원 성격이 짙은 대회여야만 했다.

오늘 한수를 찾아온 사람은 축구계 종사자는 아니었다. 한수 집에 방문할 정도로 친분이 두터운 사람은 몇 명 되지 않았다.

한수 집을 찾아온 건 황 피디였다. 그는 며칠 전부터 한수를 만나고 싶어 했다. 그리고 줄곧 연락해서 약속을 잡았고 드디어 한수를 만날 수 있게 되었다. 그러나 황 피디는 내심 불안해하고 있었다.

일 년 동안 한수는 부쩍 자랐다. 키가 자랐다는 의미가 아니다. 그의 인지도가 엄청나게 커졌다는 의미다.

게다가 그는 지금 막대한 수입을 벌어들이고 있다. 단 일 년 축구 선수로 뛰었는데도 불구하고 세계적인 스포츠용품 회사

'삼디다스'가 그와 계약을 맺었다. 그리고 그 효과는 특별했다. 특히 한수가 챔피언스리그 결승전에서 해트트릭을 넣으면서 삼디다스는 후원한 대가를 톡톡히 받아낼 수 있었다.

그들 말고는 한수에게 후원을 하고 광고 계약을 맺고 싶어 하는 회사는 널리고 널린 상태였다.

그게 공익적인 목적에서든 사익적인 목적에서든 한수를 원하고 있었다.

황 피디는 한수네 집에 들어왔다. 한수의 부모님이 황 피디를 반겼다.

"어서 오세요, 황 피디님."

"아이고, 어머니. 잘 지내셨죠?"

"그럼요. 우리 집 놀러 온 게 한 달 전 아니었어요?"

"벌써 그렇게 됐나요?"

"얼마 되지도 않았는데 무슨 안부 인사예요. 호호."

한수 어머니가 황 피디를 반갑게 반겼다.

황 피디는 한수가 맨체스터 시티에 입단한 뒤에도 줄곧 한수 집을 찾았다. 한 달에 두세 번 정도 꾸준히 한수 집을 들렀고 명절 선물도 챙기며 그는 두 사람에게 호의를 얻었다.

한수가 딱 1년만 축구 선수로 뛴다고 했던 말을 믿었고 그의 호감을 사두려면 한수 부모님과 가까워질 필요가 있다고 생각해서였다.

무엇보다 황 피디는 한수가 축구 선수로도 대성할 거라고 믿고 있었다. 설마하니 그가 프리미어리그, FA컵, 챔피언스리그까지 트레블을 달성할 줄은 생각지도 못했지만 그래도 꽤 좋은 활약을 보여줄 거라고 생각했었기 때문이다.

"한수 씨는 어디 계신가요?"

"방 안에 있어요. 요즘 무슨 방송을 한다고 난리도 아니어서……."

"한수 씨가 방송을요?"

"네, 게임 방송이라고 하던데요? 방송하는 게 꽤 재미있나 봐요."

황 피디가 그 말에 눈을 빛냈다.

실제로 UBC에서 그와 비슷한 프로그램을 방송 중에 있었다.

방송 제목은 「텔레비전에 내가 나왔으면~」이었다. 연예인들이 출연해서 게임이나 요리, 메이크업 등을 하면서 시청자와 소통하는 프로그램이었는데 시청률도 꽤 잘 나오는 것으로 알고 있었다.

황 피디도 근래 나온 프로그램 중에서는 가장 참신한 프로그램이라고 생각 중이었다.

물론 잡음도 적지 않게 겪고 있는 듯했지만, 만약 그 프로그램에 강한수가 나오게 된다면? 좋은 반응을 얻을 게 분명했다.

"한수 씨 좀 보러 가겠습니다."

"그러세요. 차 좀 준비해 올게요."

황 피디는 한수 방으로 향했다.

문을 몇 차례 두드렸지만, 대답이 없었다.

그는 조심스럽게 문을 열었다.

한창 히어로즈 오브 레전드를 하고 있는 한수 뒷모습이 보였다.

슬쩍 모니터를 보니까 3킬 0데스 2어시스트로 성적이 꽤 좋은 편이었다.

시청자 수는 백여 명 남짓이었는데 채팅창이 가관이었다.

온갖 욕설들로 도배되고 있었다.

-X발 놈아. 대리 쓰지 말라고!

-와, 이 새끼 진짜 겁나 당당하네. 님, 대리 쓰면서 방송하고 싶음?

-얘 영정 때려야 하는 거 아니냐?

-걱정 마셈. 내가 이미 신고 넣었음.

-나도 신고 넣었다. 상식적으로 이게 말이 되냐?

-벌써 플래티넘 찍었잖아. 아니, 상식적으로 얘가 엠페러 정도 되는 프로게이머면 이해하겠는데 X도 못하던 놈이 이렇게 연승하면서 플래티넘 찍는다는 게 말이 되냐? 백퍼 대리고 백

퍼 영정각이지.

　-야, 그렇다고 해도 방송 키고 대리한다는 게 말이 돼?

　-아님 말고.

　가만히 채팅창을 보던 황 피디가 한수의 어깨를 툭툭 쳤다.

　헤드셋을 낀 채 게임 중이던 한수가 그제야 황 피디가 온 걸 알아차렸다.

　그가 황 피디를 보며 말했다.

　"황 피디님, 잠시만요. 이것 좀 마저 끝내고요."

　황 피디가 어색하게 웃으며 대답했다.

　"아, 그렇게 해요. 저는 신경 안 써도 돼요. 방 안 좀 둘러보고 있을게요."

　"그렇게 하세요."

　황 피디는 한수의 방을 둘러보기 시작했다.

　이사를 하려는 듯 종이 박스 수십여 개가 방 한쪽 구석에 놓여 있었다.

　그는 이곳저곳을 기웃거렸다. 한쪽 벽면에는 유니폼이 한 벌 걸려 있었다. 2018-2019시즌 맨체스터 시티 홈 유니폼이었다.

　그 홈 유니폼에는 여러 선수의 사인이 적혀 있었다.

　전부 다 맨체스터 시티 선수들의 것이었다. 그밖에는 레알 마드리드나 바르셀로나, 맨체스터 유나이티드 유니폼도 볼 수 있었다.

크리스티아누 호날두, 리오넬 메시, 네이마르, 폴 포그바 등 한수가 경기를 치러본 적 있는 선수들의 것이었다.

황 피디는 그것을 보며 눈을 빛냈다. 이 한 벌, 한 벌의 가치는 엄청난 것이었다.

축덕(축구 덕후)이라면 어떻게 해서든 소장하고 싶어 할 만한 가치가 있는 것이었다.

그리고 책상 옆에는 차 키가 두 개 놓여 있었다.

하나는 우람한 황소가 포효하는 듯한 키였고 다른 하나는 새빨간 색에 Ferrari라고 쓰여 있었다.

만수르 왕자에게 받은 람보르기니 센테나리오 로드스터와 경품으로 받았다는 페라리 812 슈퍼패스트 열쇠인 게 분명했다.

람보르기니와 페라리.

남자라면 누구나 한 번쯤 꿈꿔볼 만한 로망이 아닐 수 없었다. 그렇게 방 안을 둘러보고 있을 때 한수가 게임을 끝내는 게 보였다.

7킬 1데스 3어시스트.

이번에도 압도적인 승리였다. 게임 시간은 24분 남짓. 상대 팀은 이미 서렌더를 친 상태였다.

황 피디가 한수를 보며 물었다.

"한수 씨, 게임 잘하네요. 예전에는 못한다고 하지 않았어요?"

"그게 꼼수를 썼더니 잘되네요."

"무슨 핵 같은 거 쓰는 거예요?"

"예? 그럴 리가요. 그건 그렇고 섭외 때문에 오신 거 맞죠?"

"단도직입적이네요. 예, 맞아요. 섭외 좀 하고 싶어서 왔어요. 한수 씨하고 저하고 인연이 오래된 게 사실이잖아요?"

"뭐, 그렇죠. 그러나 황 피디님도 알겠지만 제 몸값이 만만치 않게 비싼 건 아시죠?"

능글맞은 한수 말에 황 피디가 멋쩍게 웃었다. 그리고 그가 한수를 보며 말했다.

"좋은 일이니까 한번 같이 해줬으면 해요. 「무엇이든 만들어드려요」 시즌2 제작하려고 생각 중이거든요."

"이야기부터 들어보고요. 기획안 보여주세요."

황 피디가 기획안을 내밀었다. 그리고 한수는 천천히 그가 내민 기획안을 검토하기 시작했다.

한수는 황 피디가 내민 기획안을 읽어보기 시작했다.

아까 전 그가 말했던 것처럼 「무엇이든 만들어드려요」 시즌2와 흡사했다.

그러나 이번 촬영 장소는 외국이 아닌 국내였다. 그리고 레스토랑을 차려서 음식을 만들어 파는 게 아니었다.

"푸드트럭을 쓰시게요?"

"예, 그러려고요."

"푸드트럭…… 음, 촬영 장소도 독특하네요."

"네, 일부러 그렇게 잡았어요. 아무래도 요즘 위로받고 싶은 사람들이 많잖아요. 그래서 그런 사람들에게 위로가 되는 힐링 프로그램을 만들고 싶었거든요."

나쁘지 않았다. 한수가 황 피디를 보며 물었다.

"촬영은 언제부터 하시려고요?"

"한수 씨만 섭외되면 끝입니다."

"……저 혼자 출연하는 건 아니죠?"

"그럼요. 이미 다른 분들은 다 섭외되어 있어요. 한수 씨만 섭외하면 돼요."

"흠, 조금 고민해 봐도 되죠?"

"예, 그럼요. 한수 씨, 오랜만에 함께 의기투합해 봅시다."

황 피디가 멋쩍게 웃었다.

한수가 맨체스터 시티에 입단하고 난 뒤에도 황 피디는 TBC에서 몇 가지 예능 프로그램을 더 연출했었다. 그뿐만 아니라 유 피디를 비롯한 황 피디 휘하에 있는 황금사단도 연출을 몇 차례 했다.

그러나 그때마다 반응은 석연찮았다.

몇몇 프로그램은 꽤 호의적인 반응을 얻었지만, 대부분의 프로그램이 저조한 시청률을 기록했다.

시청자들은 황 피디에게 그 이상을 원하고 있었다. 황 피디는 일 년 동안 적지 않은 고민을 해야 했다.

어째서 시청자들이 자신이 연출한 프로그램을 외면하고 있는 건지 그것이 궁금했다. 그리고 황 피디는 거의 반년 가까이 지난 뒤에야 그 이유를 깨달을 수 있었다.

한수가 없어서였다. 출연자 한 명 때문에 프로그램을 안 본다는 건 원래 말이 안 되는 이야기다.

그러나 한수가 황 피디가 연출한 프로그램에서 갖고 있는 비중은 그 정도로 엄청나게 컸다.

시청자들은 한수가 황 피디를 상대로 뛰어난 활약을 보이고 그러면서 미선을 무용지물로 만드는 것, 거기에서 오히려 희열 같은 걸 느끼고 있었던 것이다.

마치 출연자가 연출자를 상대로 역공을 가하는 게 직장 부하가 상사한테 역으로 갑질하는 모습을 보는 것 같았으니까.

그래서일까? 그 이후 꽤 유명한 연예인들이 출연했음에도 불구하고 그들은 어디 하나가 모자랐다.

요리를 잘한다고 치면 낚시를 못 했고 낚시를 잘하면 예능이 별로였다.

모든 걸 다 잘하는 사람은 찾아보기 드물었고 시청자들의 그 욕구를 충족시키기 힘들었다.

그래서 황 피디는 한수가 빨리 귀국하기만을 간절히 바라고 있었다.

그동안 스톱해 뒀던 시청률 효자 종목들.

「하루 세끼」, 「무엇이든 만들어드려요」, 「싱 앤 트립」까지.

이것들 모두 시즌2를 기다리고 있었기 때문이다.

황 피디가 한수의 방에서 나왔다. 그러나 한수가 프로그램을 찍으려 할지는 알 수 없었다. 이미 한수의 인지도는 홀쩍 올라가 버린 상태다.

정확히 말하면 그는 일을 안 해도 된다. 그동안 벌어둔 돈으로 빌딩을 산 다음 임대업을 해도 되기 때문이다.

괜히 조물주 위에 건물주가 있다고 하는 게 아니니까. 그래도 그가 좋은 선택을 내려주길 간절히 바랄 뿐이었다.

한편 황 피디가 방에서 나간 뒤 한수는 그가 건넸던 기획안을 다시 읽어 내려갔다.

나쁘지 않은 기획안이었다.

일 년이 지났고 예능 프로그램에도 조금씩 변화가 있었다.

이제는 아예 사람들 일상 속으로 파고드는 예능 프로그램이 대세가 되었다.

한수는 황 피디가 고려 중인 곳을 확인했다. 수험생들이 야간자율학습을 하고 있는 고등학생, 어린 나이에 버림받은 고

아들이 모여 사는 고아원, 새벽녘부터 아침도 굶어가며 출근하는 직장인들이 주로 지나치는 거리, 하루 벌어 하루 먹고 사는 일용직 노동자들을 위한 공사판 등.

촬영을 찍을 장소도 각양각색이었다. 제목은 「힐링 푸드」였다. 「무엇이든 만들어드려요」처럼 어떤 요리든 만들어도 상관없지만, 이왕이면 그들의 고단한 삶을 위로하고 용기를 북돋아 주겠다는 게 기획 의도였다.

아까 전 황 피디와 대화를 해보니까 황 피디는 꽤 오래전부터 이 프로그램을 기획했던 모양이었다.

점점 더 삶이 치열하고 각박해지는 만큼 그것을 위로하고 싶은 목적이 있었다고 했다.

한수는 고민에 잠겼다. 한동안 방송 출연은 계속 미뤄둔 채 집에서 빈둥거리며 놀아도 상관없는 일이었다.

통장에는 마르지 않을 만큼 돈이 있었다. 경험치는 꾸준히 쌓이고 있었고 한수가 쓸 수 있는 능력도 그만큼 늘어나는 중이었다.

그렇지만 한수는 오래 쉴 생각이 없었다. 그가 궁극적으로 목표로 하고 있는 건 채널 마스터였다.

그리고 그는 보다 더 많은 채널에 출연하고 싶었다.

다양한 능력을 바탕으로 여러 프로그램에 동시다발적으로 나오는 것. 그래서 어쩌면 녹화방송을 틀어줄 때 모든 채널에 자신이 나오는 것.

그런 것을 꿈꾸고 있었다. 한수는 고민하다가 다시 히어로즈 오브 레전드를 켰다. 또다시 시공의 협곡에 빠져들 시간이었다.

한수가 방에 틀어박힌 채 히어로즈 오브 레전드만 즐긴 것도 벌써 닷새가 넘었다.

처음에만 해도 슬슬 집 밖으로 나오겠지 생각하던 기자들은 아파트 근처에 진을 치고 있었다.

지금 한수는 국민적인 영웅이었다.

노엘 갤러거와 함께 앨범을 냈을 때만 해도 이 정도로 파급력이 있진 않았다.

그러나 한수가 트레블을 기록한 뒤에 그 위상이 바뀌었다.

지금 한수는 박유성 선수 못지않게 많은 사람에게 사랑을 받고 있었다.

기자들은 어디서 주워들은 루머를 양산하며 그에 대한 기사를 써 날랐고 그게 루머인 걸 아는데도 불구하고 항상 메인에 오르곤 했다.

강한수는 지금 핫이슈였고 모든 방송국에서 섭외하길 원하는 0순위 연예인이었다.

그러나 닷새가 지난 뒤 기자들도 슬슬 하나둘 한수가 살고 있던 아파트 주변을 떠나기 시작했다.

한동안 그가 바깥에 나오지 않을 것이라는 걸 직감했기 때문이다.

집에서 방송을 켠 채 게임만 하던 한수는 채팅창을 아예 꺼놓은 상태였다. 처음에는 채팅창 반응도 틈틈이 살폈지만, 시간이 지날수록 욕설과 비난이 잦아졌기 때문이다.

그러나 한수가 보는지 안 보는지 관계없이 한수가 켠 방송의 시청자는 날이 갈수록 늘어나고 있었고 지금은 방송을 켤 때마다 시청자가 이백 명 정도를 왔다 갔다 할 정도였다.

-와, 벌써 다이아몬드네.

-이러다가 진짜 챌린저 가는 거 아니야?

-설마. 챌린저 부캐가 방송키고 브론즈를 챌린저까지 올리는 방송이라던데 진짜 그건가?

-오! 승급전이다. 이것만 이기면 바로 마스터 등급이네.

-진짜 미쳤다. ㄹㅇ.

-근데 얘 대리논란 있지 않았음? 그건 어떻게 됐냐?

-대리는 무슨. 게임회사에서 확인해 줬는데 대리한 적 없고 본인 계정 맞대. 버그나 핵 프로그램 쓰는 것도 아니라고 하

더라.

-그럼 진짜 자기 실력으로 다이아몬드 1티어까지 올라온 거야?

-뭐 정확한 속사정은 모르지. 근데 진짜 처음에는 겁나 못했다니까? 매번 리폿 받고 같은 팀은 물론 상대 팀까지 쌍욕할 정도였는데…… 진짜 이해가 안 가는 건 그 점이라는 거지. 그래서 다들 대리 아니냐고 처음 난리 피웠던 거고.

강한수는 마스터 승급전을 진행했다.

3번만 이기면 다이아몬드 1티어에서 마스터 티어로 올라갈 수 있게 된다.

마스터 다음 단계는 챌린저 티어다.

마스터 승급전을 진행하며 한수는 몇 분 전에 온 메일을 확인했다.

메일을 보낸 건 트위치TV 관리자였다.

내용은 간단했다. 파트너 스트리머가 되면 어떻겠냐는 것이었다. 파트너 스트리머란 일반 스트리머보다 더 많은 혜택을 받을 수 있는 것이었다.

그 의미인즉슨 트위치TV 관계자가 한수를 높게 평가하고 있다는 것이었다. 그럴 수밖에 없었다.

거의 열흘 정도 방송을 했는데 그 시간 동안 브론즈5 티어였던 스트리머가 지금은 마스터 승급전을 앞두고 있었다.

그 덕분에 대리 논란이 불거지기도 했지만, 그것은 이내 사그라들었고 오히려 방송이 홍보가 되며 시청자 수가 꾸준히 증가추세에 있었다.

고민하던 한수는 일단 메일을 닫았다. 만약 황 피디와 촬영을 진행하게 되면 한동안은 방송할 여유가 없어질 터였다.

그는 황 피디와 함께 방송을 한 편 더 찍을 생각으로 마음을 먹고 있었다.

그것은 「힐링 푸드」에 출연하기로 한 연예인 중에 친하게 지내는 사람들이 여럿 있었기 때문이다.

아마도 황 피디가 자신을 꼬시려고 일부러 섭외한 것일 테지만 한수 입장에서는 그래도 아는 사람하고 방송한다는 게 상대적으로 편했다.

무엇보다 1년 만에 복귀하는 것이었다. 여전히 한수는 방송가에서 마이더스의 손으로 꼽히고 있었다.

한수가 출연했다 하면 시청률이 폭발적으로 오른 걸 그들은 여전히 기억하고 있었다.

어쩌면 「힐링 푸드」도 한수가 출연하겠다고 하면 연출에 들어가도 된다고 허락이 떨어지게 되는 것일지도 몰랐다.

그랬다가 만약 방송이 제작 안 되고 흐지부지되면 스케줄을 빼둔 연예인들이 가장 큰 타격을 입게 될 터.

황 피디는 노련했다. 그렇지만 그런 점이 싫지는 않았다.

그게 다 자신을 섭외하고 싶어서 어떻게든 용을 쓰고 있는 것이라는 걸 알 수 있어서였다.

결국, 한수는 황 피디에게 전화를 걸었다.

전화를 걸고 몇 초 지나지 않아 황 피디가 바로 전화를 받았다. 자신의 전화를 기다리고 있던 것일까?

"제 전화 기다리신 거예요?"

-그럼요. 한수 씨 전화번호 컬러링만 다르게 바꿔놨었어요. 하하.

미워할 수 없는 사람이다. 한수가 웃으며 말했다.

"출연할게요."

-정말이죠?

"예, 그럼요. 또 하나 잘 부탁드려요."

-그럼요. 저는 바로 본부장님한테 보고 좀 할게요. 이따가 이야기해요.

"예, 고생하세요."

한수는 전화를 끊었다.

그가 「힐링 푸드」에 출연하기로 결심한 이유는 하나였다. 자신의 재능을 남한테 베풀 수 있다는 것 때문이었다.

로스앤젤레스에 있는 아동병원에 방문했을 때 한수는 그때 깊은 감동을 받았었다. 그리고 한수는 그날 재능이라는 걸 나누는 것만으로도 정말 많은 이로움을 줄 수 있다는 걸 깨달았다.

그가 결심할 수 있었던 건 그 날의 경험 때문이었다.

그동안 텔레비전을 통해 얻은 재능을 더 많은 사람에게 나누고 싶었다.

그때였다. 알림이 떠올랐다.

한수는 갑작스러운 알림에 고개를 갸웃하며 알림을 확인했다. 그리고 그는 그 내용을 보고 눈을 휘둥그레 떴다.

[선의로 「힐링 푸드」에 출연하기로 하였습니다.]

[채널 마스터의 궁극적인 목적 가운데 두 번째 단계인 보다 더 많은 사람에게 재능을 베푸는 것을 달성하였습니다.]

[이제부터는 카테고리 4에 해당하는 채널을 확보할 수 있습니다.]

[「공공」, 「공익」, 「정보」, 「뉴스」에 해당하는 채널을 확보해서 영향력을 더 넓히십시오.]

[영향력을 넓히는 건 카테고리3을 확보할 수 있는 조건 가운데 하나입니다.]

한수는 그것을 보며 침을 삼켰다.

카테고리3에는 영화 그리고 드라마가 있다. 발연기라고 놀림 받았던 것들을 카테고리3에 해당하는 채널을 확보하게 되면 모두 다 무마시킬 수 있다.

그는 「힐링 푸드」에 출연하기로 한 결정이 만족스러웠다.

만약 출연하지 않았다면 카테고리4를 확보하는 방법은 어떻게 해도 알아내지 못했을 테니까.

그때였다. 재차 메일이 도착했다.

트위치TV로 온 것이었다. 그것을 본 한수가 머리를 긁적였다.

"……이거 진짜야?"

메일 내용은 뜻밖이었다.

국내 프로게임단 중에서 중위권을 차지하고 있는 팀 중 한 곳이 한수에게 한번 연습생으로 들어와 볼 생각이 없냐고 제안을 해온 것이었다.

한수는 게임단이 보낸 제안을 보며 고민에 잠겼다.

연습생이긴 해도 나쁜 제안은 아니었다.

그렇지만 '프로게이머까지 해야 하나'라는 생각이 있었다.

일단 OZN 채널을 완벽하게 확보하기 위해서는 그 채널에 한 번쯤은 출연할 필요가 있었다.

채널을 완전히 자신의 것으로 만드는 방법은 단 하나뿐이었다.

그것은 그 채널에 직접 출연하는 것이었다. 그 방법을 이용해서 한수는 TBC하고 IBS Sports를 자신의 것으로 만드는 데 성공했다.

그밖에 지상파 채널이나 종합편성채널은 아직 확보하지 못한 탓에 자신이 출연하는 걸 봤어도 전혀 도움이 되질 않았다.

어쨌든 OZN 채널도 확보하기 위해서는 직접 방송에 출연할 필요가 있긴 했다.

위닝 일레븐이든 히어로즈 오브 레전드든 출연해서 방송을 완벽하게 자신의 것으로 만들어야만 했다.

'이벤트 매치에 출연하면 그것도 방송 출연으로 인정해 줄 테니까 그런 식으로 채널을 확보할 수는 없으려나?'

프로게이머가 되려면 못해도 1년은 또 게임단에 입단해서 프로 생활을 해야 했다.

프로축구 선수하고 다를 게 없었다. 하지만 그렇게 1년 단위의 계약을 맺고 싶진 않았다. 이벤트 매치에 참가하는 것 정도면 족했다.

그는 정중하게 거절하는 답장을 보냈다. 그 대신 그는 이삿짐을 계속 싸기 시작했다. 이삿날이 멀지 않은 상태였다.

그러다가 재차 울리는 휴대폰에 발신자를 확인했다.

한수가 한숨을 내쉬었다. 그동안 이런저런 핑계를 대며 일부러 바깥 외출을 자제하고 있었다.

핑계로 가장 큰 이유는 오른쪽 발목에 해둔 깁스였다.

사람이 아프다고 하는데 기자들이 섣부르게 인터뷰를 할 수 있을 리가 없었다. 그랬다가는 국민적인 공분을 사게 될지도 모를 일이었다.

그러나 인터뷰를 하지 않으려고 하다 보니 주변 사람들이 섣부르게 만날 수가 없었다.

황 피디도 기자들 눈을 피해 방문한 것이었다.

애초에 황 피디는 그동안 부모님을 자주 만나며 쌓아놓은 것들이 많다 보니 부모님이 거부감 없이 만나볼 수 있던 것이기도 했다. 하지만 그렇게 한동안 방에 틀어박혀 있었더니 주변 지인들이 성화였다.

얼굴 한번 보고 싶다는 연락이 잦았다. 마침 오른쪽 발목도 다 나은 상태였고 뜨겁게 달아올랐던 한수에 대한 관심도 조금 시들해진 뒤였다.

그래도 지난 1년 동안 함께 한 정이 있는데 만나지 않을 수는 없었다.

"알았어요. 거기로 갈게요."

-언제까지 올 건데?

"금방요. 차가 막히진 않겠죠?"

-너 차 타고 오려고?

"예. 그래야죠. 저 로드 매니저도 없잖아요. 그렇다고 지하철 타는 건 안 돼요. 알아보는 사람들이 겁나 많을 텐데……

그랬다가 사람들한테 깔려 죽기 싫어요."

윤환이 대답했다.

-그래, 알았다. 애들 시켜서 주차장 자리 하나 비워놓으라고 할게. 바로 올 거지?

"예, 지금 갈게요. 근데 누가 와 있다고요?"

-지연이하고 서현이. 석준이형도 있고 승준이도 와 있어.

한수가 친하게 지냈던 인맥들은 죄다 모여 있다고 봐야 했다.

짐작해 보건대 윤환이 그들을 불러 모은 게 분명했다. 아마도 자신이 온다고 하고서 평소 친하게 지내던 사람들을 잔뜩 끌어모았으리라.

한수는 이삿짐을 준비하던 도중 방 밖으로 나왔다.

한수 엄마가 외출 준비를 끝낸 한수를 보며 물었다.

"나갔다 오려고?"

"예, 환이 형이 보자고 자꾸 난리여서요."

"그 양반은 하루가 멀다 하고 너한테 전화를 한다니?"

"그러게요. 오늘은 가봐야 할 것 같아요. 환이 형 말고도 친한 사람들이 다들 모여 있다고 해서요."

"알았다. 조심히 갔다 와라. 지하철 타고 갈 거니?"

"……엄마, 그랬다가 저 사람들한테 깔리는 거 보고 싶어요?"

"……얘는. 농담이지. 저녁 먹고 오는 거지?"

"그럼요. 늦을 수도 있으니까 기다리지 말고 주무세요."

"알았다."

한수는 오랜만에 아파트에서 나왔다.

막상 집 밖으로 나오자 기분이 묘했다. 어딘가에 갇혀 있다가 풀려나온 느낌도 들었다.

그는 엘리베이터를 누른 채 기다리기 시작했다. 꼭대기 층까지 올라갔던 엘리베이터가 내려왔다.

한수가 엘리베이터에 올라타려 했을 때였다. 엘리베이터 안에는 아직 앳되어 보이는 여고생 두 명이 타고 있었다.

한수가 엘리베이터에 올라타자 재잘거리던 그녀들 수다가 뚝 하고 멈췄다.

한수는 그녀들을 애써 무시한 채 엘리베이터가 빠르게 내려가기만을 기다렸다.

그때였다. 말없이 침묵을 지키고 있던 여학생 한 명이 한수를 향해 조심스럽게 물었다.

"저기요. 혹시…… 강한수 오빠 맞아요?"

머뭇거리던 한수가 고개를 끄덕이며 대답했다.

"예, 맞습니다."

"대, 대박! 저 사, 사인 좀 해주세요!"

"……어디에다가요?"

졸지에 엘리베이터 안에서 사인을 하게 되어 버렸다.

예전에 군대를 막 끝마치고 전역한 다음 엘리베이터를 타려 했을 때 어려 보이는 꼬마애가 울며불며 엘리베이터를 내린 기억이 있었다.

그때 피부가 꽤 까무잡잡하게 탔었고 인상을 잔뜩 구겼기 때문일 테지만 당시에 한수가 받은 충격은 엄청났다.

그러다가 이제는 여고생들이 사인해 달라고 하며 인증샷까지 찍고 있으니 감회가 남달랐다.

1층에서 먼저 내린 뒤에도 손을 연신 흔들어 보이던 여고생들을 뒤로 한 채 한수는 지하 주차장으로 내려왔다. 그리고 그는 새빨갛게 빛나고 있는 페라리 812 슈퍼패스트를 볼 수 있었다.

정확히 1년 전 노엘을 쫓아 에티하드 스타디움에 방문했다가 경품으로 받은 차였다. 그러나 정작 한국 주소로 배송된 탓에 한수는 단 한 번도 타본 적이 없었다.

가끔 아버지가 엄마와 함께 일주일에 한 차례 정도 탔다는 것만 들어 알고 있었다.

그래서일까? 주행거리는 채 3천㎞를 넘기지 못하고 있었다.

이 정도면 사실상 새 차나 다름없었다.

한수는 페라리에 올라탄 채 시동을 걸었다. 그리고 화려한 자태를 자랑하는 페라리 812 슈퍼패스트가 비좁은 지하 주차장을 빠져나왔다.

그리고 아파트를 빠져나와 도로로 나왔을 때 주변을 달리던 차들이 멀찌감치 떨어지기 시작했다. 그야말로 모세가 바다를 갈랐던 그 기적을 보는 듯했다.

아직도 끈질기게 한수 아파트 주변에 머무르고 있던 기자들이 뒤늦게 웅성거리는 소리를 듣고 카페에서 튀어나왔다. 그리고 그들은 공도를 빠르게 가로지르는 페라리 812 슈퍼패스트를 보고서는 연신 셔트를 눌렀다.

규정 속도를 지키고 있는 탓에 사진을 찍는 건 어렵지 않은 일이었다.

그러나 며칠 동안 이 근처에서 머무르며 기다린 것들이 모두 헛수고가 되어버리고 말았다는 것에 그들은 분통을 터뜨릴 수밖에 없었다.

강남에서는 슈퍼카를 흔히 볼 수 있다.

페라리, 람보르기니, 포르쉐 등 각양각색의 슈퍼카들이 도심을 누빈다.

그러나 오늘 나타난 페라리 812 슈퍼패스트는 개중에서도 흔치 않은 차종이었다.

국내에 입고된 페라리 812 슈퍼패스트는 단 2대. 개중에서

1대는 부산에 있기 때문에 서울에서는 웬만하면 볼 수 없는 차종이었다.

나머지 1대의 차주는 그 당시 맨체스터 시티에서 뛰고 있었고 가끔 그 차를 모는 차주의 아버지는 동네 마실용으로 페라리 812 슈퍼패스트를 써먹었기 때문이다.

그 때문에 강남역 부근에 나타난 페라리 812 슈퍼패스트는 많은 사람의 이목을 잡아끌고 있었다.

"X발, 진짜 장난 아니다."

"와. 때깔 봐. 나도 한 대 갖고 싶다."

"꿈 깨, 병신아. 차 값보다 저거 유지비가 감당 안 될걸? 일 년에 웬만한 국산 대형차 한 대 값이 들어갈 텐데?"

"……미친. 저거 끄는 사람은 누굴까? 겁나 궁금하네."

그들은 공도를 가로지르고 있는 페라리 812 슈퍼패스트를 바라봤다.

그러다가 페라리가 낯익은 골목으로 들어가는 걸 보고는 눈을 휘둥그레 떴다.

"어? 저 골목이면 「소주 한 잔」 가는 건가?"

"윤환이 저 차 차주였어?"

"요즘 같은 정보화 시대에 기사 검색 안 하고 뭐 하냐? 이 거 봐."

친구 중 한 명이 기사를 보였다.

「페라리 812 슈퍼패스트의 차주 강한수가 빠르게 차를 몰고 사라지고 있다.」가 기사 제목인 채 버젓이 연예란 1면에 올라와 있었다.

"……강한수 차였어?"

"어. 강한수니까 저 정도 차를 끌지. 안 그러면 누가 끌겠냐? 네 말대로 저 차 유지비만 해도 최소 몇 천만 원에서 몇억까지도 갈 텐데."

"……하, 겁나 부럽다. 진짜 한 번만 조수석에라도 태워주면 안 되나?"

"헛꿈 그만 꿔. 너 같은 칙칙한 남자애가 뭐가 좋다고 태워주겠냐?"

"인마! 팩폭 좀 그만해. 이러다가 애 울겠다."

"닥쳐. 이 새끼들아!"

한수 때문에 친구들끼리 싸우는 와중에 한수가 탄 페라리 812 슈퍼패스트는 윤환이 운영 중인 「소주 한 잔」 앞에 도착했다. 그리고 윤환 말대로 주차장 한 자리가 비어 있었다.

한수는 주차장에 차를 댄 다음 페라리에서 내렸다.

이미 주변에는 꽤 많은 사람이 모여 있던 뒤였다.

정신없이 페라리 사진을 찍던 사람들이 한수를 알아보고는 당황하며 물러났다. 그들에게 한수는 진짜 연예인이었다.

단순히 국내에서만 통하는 게 아니라 세계에서도 통하는

월드스타.

그게 바로 한수였다.

그들은 마치 연예인을 본 심정으로 한수를 정신없이 카메라로 찍어댔다. 바깥에서 일어난 소란스러움에 윤환이 가게 밖으로 나왔다가 한수를 발견했다.

"야! 강한수! 너 인마. 어? 야, 이 차는 뭐냐?"

"뭐긴요. 제 차죠. 그보다 빨리 들어가요. 저 지금 기자회견장에 온 것 같다고요."

"……아, 알았어. 들어가자."

윤환이 한수를 데리고 가게 안으로 들어왔다. 그리고 그들은 프라이빗룸으로 들어왔다.

프라이빗룸 안에는 오랜만에 보는 반가운 얼굴이 세 명이나 앉아 있었다.

20대 여성 가수 중에서는 독보적인 위치까지 올라선 권지연, 마찬가지로 20대 여성 배우 중에서는 연기력, 외모, 필모그래피 뭐 하나 빠지지 않는 김서현. 거기에 고봉식 감독이 촬영하고 있는 영화에 조연으로 캐스팅되며 화제의 중심에 있던 이승준까지.

한수하고는 그동안 여러 프로그램을 통해 인맥을 맺고 있던 그들이었다.

한수가 들어오자 승준이가 제일 먼저 달려들었다.

"형! 이게 얼마 만이에요!"

"잘 지냈어? 고봉식 감독님 영화는 어떻게 됐어?"

"크랭크업한 지가 언젠데요. 다음 달쯤 개봉할 거예요."

"그래? 이번에도 천만 관객은 찍어주겠지?"

"……그거야 모르죠. 슬슬 시사회 돌린다고 들었는데 조금 걱정이긴 해요. 제가 괜히 민폐 끼쳤을까 봐……."

김서현이 그런 승준을 보며 소리쳤다.

"멍청아! 어차피 잘 될 작품이면 누구 한 명 이상하게 연기했다고 해도 알아서 말아먹어."

"그래도…… 휴, 고마워요. 누나."

"됐고. 강한수, 오랜만이다? 요새 엄청 잘 나가던데?"

손님들을 둘러보던 윤환이 뒤늦게 들어오며 말했다.

"그럼. 우리 한수 잘 나가지. 너희도 이따가 나가보면 깜짝 놀랄 걸? 이 녀석, 페라리 812 슈퍼패스트를 타고 왔다니까? 손님들 밖에 잔뜩 모여 있어서 난리도 아니야."

"……진짜요? 우와! 그게 그 경품으로 탄 거지?"

정확히는 만수르가 한수에게 선물로 준 것이었지만 굳이 그것을 이야기해서 부스럼을 만들 필요는 없었다.

"어."

그때 어색하게 앉아 있던 지연이 웃으며 인사를 건넸다.

"반가워. 잘 지냈지?"

"너도? 새 앨범은 준비 중이야?"

"어, 응."

한수가 웃으며 입을 열었다.

"다들 만나서 반가워요. 그동안 너무 시끄러워서 일부러 좀 피해 있었어요."

"알아. 근데 그동안 뭐 하고 있었냐? 엄청 심심했을 텐데."

"게임 좀 하고 있었어요. 그건 그렇고 박 팀장님은 안 계시네요?"

"곧 올 거야. 석준이 형이 완전 벼르고 있어."

한수와 구름나무 엔터테인먼트 사이의 관계를 아는 사람들이다.

그들은 3팀장이 왜 한수를 보고 싶어 하는지 알고 있었다.

재계약 문제를 논의하기 위함일 터였다.

그때였다. 지연이 조심스럽게 입을 열었다.

"아, 오늘 너 보러 간다니까 우리 회사 이사님이 나보고 한마디만 전해 달라고 하던데……."

"응? 뭐라고?"

"혹시 엘레인하고 전속계약 맺을 생각 없냐고."

그때 머뭇거리던 서현이 말했다.

"우리 회사도 마찬가지였는데……."

승준도 뒤늦게 가담했다.

"우리 회사도⋯⋯."

한수는 그 말에 어색하게 웃으며 윤환을 바라봤다. 이미 한수를 데려가고자 하는 움직임은 전 세계 곳곳에서 어마어마하게 퍼져 나가고 있는 중이었다.

CHAPTER
4

윤환이 어색하게 웃었다.

딱히 그가 할 말은 없었다.

그가 구름나무 엔터테인먼트과 전속계약을 맺긴 했지만, 그와 별개로 한수에게 전속계약을 맺게 할 생각은 없었다.

구름나무 엔터테인먼트는 딱히 모난 회사는 아니었다.

나쁘지 않은, 평범한 대형 기획사였다. 그러나 그들과 전속계약을 맺을지 아직 한수는 뚜렷하게 결정을 내리지 않은 상태였다.

어딘가에 얽매이고 싶진 않았다.

그럴 바에는 차라리 1인 기획사를 차려서 움직이는 게 낫지 않을까 싶었다. 아니면 뜻이 맞는 사람들끼리 뭉쳐서 움직이든가.

그때였다.

프라이빗룸이 열리고 낯익은 얼굴이 안으로 들어왔다.

"한수야!"

그는 3팀장 박석준이었다. 그러고 보니 약 2년 전 이곳에서 그와 만났을 때가 생각났다. 당시 한수는 홍대 입구에서 버스킹 중이었고 우연히 윤환을 만났다가 그의 손에 이끌려 이곳에 오게 됐다. 그리고 여기서 3팀장을 만났고 그의 호의를 얻을 수 있었다. 그러다가 「자급자족 in 정글」 촬영 이후 문제가 발생했을 때 구름나무 엔터테인먼트의 도움을 얻을 수 있었다.

벌써 시간이 이렇게 흘렀나 라는 생각이 들었다.

"오셨어요?"

"그래. 요새 너 얼굴 보기가 왜 그렇게 힘드냐?"

"기자들 때문이죠. 인터뷰해 달라고 난리도 아니었거든요."

"하긴. 그래도 네가 계약 끝난 덕분에 홍보팀장이 탈모 안 온다고 행복해했잖아. 만약 계약 안 끝났으면…… 아마 지금쯤 머리가 반짝반짝 빛나고 있었을 거야."

3팀장이 혀를 내둘렀다.

한수는 아직 한국 상황을 알지 못했다. 온종일 집에만 틀어박혀 있었기 때문이다.

그러나 그가 챔피언스리그 우승한 뒤 거의 열흘은 밥만 먹었다 하면 한수 이야기가 나오곤 했다.

구름나무 엔터테인먼트만이 아니었다.

다른 곳도 사정은 비슷했다. 강한수를 모르면 간첩이라는 말이 나올 정도였다. 그 정도로 한수는 유명해졌다.

남자는 축구, 여자는 요리, 한수는 남녀 모두를 사로잡을만한 재주가 있었다.

거기에 그가 로스앤젤레스 아동병원에서 소아암에 걸린 어린아이들을 돌보며 노래를 불러주던 영상은 유튜브에 공개된 뒤 사람들의 마음을 훈훈케 만들었다.

3팀장은 한수가 잘될 줄 알았지만, 이 정도까지 예상한 건 아니었다.

그래서 더할 나위 없이 뿌듯했다. 그러나 오늘은 회사 일 때문에 온 것이기도 했다.

3팀장이 한수를 보며 물었다.

"너 이제 한국에서 활동할 거야?"

"예, 며칠 전 황 피디님 만나서 기획안 보고 이야기 나눴고 출연하기로 구두 합의는 했어요."

"아, 「힐링 푸드」 말하는 거구나."

"네, 맞아요."

3팀장도 황 피디가 새로 기획 중인 프로그램은 잘 알고 있었다.

윤환에게도 섭외가 왔었기 때문이다. 물론 윤환은 아직 최종 결정은 내리지 않은 상태였다.

일단 윤환은 음식을 할 줄 몰랐거니와 언제 제작에 들어갈지 모르는데 무턱대고 스케줄을 잡아둘 수는 없었기 때문이다.

그러나 한수가 일단 출연하겠다고 한 이상 기본적인 시청률은 보장될 게 분명했다.

그렇다 보니 갈등이 됐다.

그 정도로 윤환은 지금 이슈 메이커였다.

한때 한수를 케어한 3팀장에게도 방송가에서 적잖은 문의가 밀려들고 있었다.

물론 대부분 그에게 하는 이야기는 뻔했다. 강한수를 한 번 섭외할 수 있게 도와달라는 것이었다.

한수가 이미 구름나무 엔터테인먼트와 전속계약이 끝났다고 해도 말귀를 알아듣지 못하는 사람들이 더 많은 게 문제였다.

그래서 오늘은 이형석 대표가 한수를 만나러 간다는 말에 신신당부를 해왔다.

어떻게든 그와 전속계약을 맺을 수 있게 힘을 써보라는 것이었다.

구름나무 엔터테인먼트는 한수 덕분에 정말 많은 돈을 벌었다. 그와 처음 전속계약을 맺을 때 구름나무 엔터테인먼트는 한 푼의 계약금도 주지 않았다. 계약 조건도 구름나무 엔터테인먼트에 상대적으로 유리했다.

당시 한수로서는 배우 정수아 사건 때문에 급한 상황이다 보니 어쩔 수 없었지만, 이번에도 끌려다니는 계약은 사절이었다.

3팀장은 한수의 생각을 읽었다. 한수는 소속사와 계약할 의사가 없어 보였다. 아쉽기도 하고 섭섭한 마음도 들었다. 그렇지만 그게 한수의 선택이라면 그 의사를 존중해야 했다.

3팀장이 한수를 보며 물었다.

"너는 재계약할 생각은 없나 봐?"

"예, 소속사에 묶여 있는 건 원치 않아요."

한수의 단호한 대답에 지연과 서현, 승준도 어색하게 웃었다.

그들도 자신의 회사에 한수를 데려오고 싶은 마음이 적지 않았다. 이왕이면 함께 활동하는 게 더 좋기 때문이다.

그러나 한수의 태도는 꽤 단호해 보였다. 그때 한수가 3팀장을 보며 역으로 물었다.

"팀장님, 독립하실 생각 없으세요?"

"……독립?"

3팀장은 일견 독선적인 모습이 있다. 그러나 어디까지나 그가 그런 모습을 보였던 건 소속 연예인이 잘되길 바라는 마음에서였다.

그걸 염두에 둬보면 3팀장은 그래도 꽤 괜찮은 매니저다.

일도 잘 물어올뿐더러 영업 능력도 있다. 무엇보다 사람 됨됨이가 나쁘지 않은 편이어서 인맥도 두루두루 넓다. 그리고 그는 구름나무 엔터테인먼트에서 비전이 좋지 않은 편이다.

배우 쪽은 1팀장이, 가수 쪽은 2팀장이 확실히 잡고 있기 때문이다. 그동안 3팀장이 버틸 수 있었던 건 윤환과 한수 두 사람 덕분이었다.

그러나 한수가 빠져 버리자 3팀장은 일거리가 없어서 빈둥거리기 일쑤였다.

한수가 맨체스터 시티에 입단하며 보상금 형태로 얻은 1,800만 파운드 덕분에 그동안은 잡음이 없었지만 이제 1년이 지나가고 있는 만큼 그에게도 실적 압박이 들어올 게 분명했다.

하나의 팀을 꾸리고 있는 팀장답게 윤환 한 명만으로는 팀을 꾸리는 건 불가능하기 때문이다.

갑작스러운 한수 질문에 3팀장이 당황해할 때 윤환이 멈칫하다가 말했다.

"야! 그게 뭔 소리야? 석준이 형이 독립하면 나는 어쩌고?"

"형도 독립하면 되죠."

"……어?"

머뭇거리던 윤환이 3팀장을 보며 물었다.

"형, 나 계약 기간 얼마 남았어? 그러고 보니 슬슬 재계약할 때 안 됐냐고 본부장님이 물어보긴 하던데."

3팀장이 그 말에 즉각적으로 대답했다.

"너 이제…… 어? 석 달 정도 남았네."

"……그거밖에 안 남았어? 왜 재계약하자는 이야기가 없었지?"

"몇 차례 이야기하긴 했는데 그때마다 네가 좀 기다려 달랬잖아."

"내가? 그랬었나?"

윤환이 머리를 긁적였다. 3팀장이 얼굴을 붉혔다.

만약 윤환마저 회사를 나가버리게 되면 구름나무 엔터테인먼트에서 자신의 자리는 사실상 없어진다고 봐야 한다.

그것을 생각해 보면 차라리 독립하는 게 더 나은 선택이 될 수도 있다.

문제는 독립한 이후다. 홀로 소속사를 차린 뒤 얼마나 해낼 수 있을지가 문제다.

아직 3팀장은 그에 대한 확신이 없었다.

그가 스스로 결정을 하는 게 아니라 누군가에게 등 떠밀려 결정하게 되면 더욱더 그런 생각이 들 수밖에 없다.

"……생각 좀 해보자."

"예. 아, 그리고 저 자본금으로 쓸 돈도 꽤 있어요."

한수가 어깨를 으쓱거렸다. 서현이 그런 한수를 보며 물었다.

"얼마나 벌었는데?"

1년 동안 한수가 벌어들인 돈은 진짜 많았다.

축구 선수로 뛰면서 번 돈하고 스포츠용품 회사들과 스폰서 계약을 맺으며 번 돈, 그리고 그밖에 1년 남짓 연예인으로 활동하며 번 돈까지.

웬만한 회사 하나는 충분히 차릴 수 있을 만큼 여유로웠다. 고민에 잠긴 3팀장을 뒤로 한 채 그들은 지난 1년 동안 주로 잉글랜드에서 머물렀던 한수에 관한 이야기를 나누기 시작했다.

역시 그들의 가장 큰 관심사는 챔피언스리그 우승에 관한 것이었다.

그것뿐만 아니라 올해 12월에 있을 발롱도르 시상식도 관심을 두고 있었다.

"어때? 네가 발롱도르 탈 수 있을 거 같아?"

"2018-2019시즌이라면 가능성이 있겠지만 글쎄요. 형도 알겠지만, 발롱도르는 그해 활약을 기준으로 주는 거잖아요. 그런데 사실상 저는 2019년 경기는 절반만 소화한 셈이잖아요. 그렇다 보니 아무래도……."

윤환이 그 말에 아쉬움을 토로했다.

한수가 웃으며 말했다.

"뭐, 그래도 챔피언스리그 결승전에서 해트트릭을 터뜨렸으니까…… 가능성이 아예 없는 건 아니겠죠? 하하."

"그래. 한국인 최초로 네가 발롱도르 받는 것 좀 보고 싶다. 진짜."

"발롱도르…… 저도 받고 싶네요."

"그랬으면 한 시즌만 더 뛰었으면 될 거 아니야!"

"아니, 트레블 했는데 뭘 더 뛰어요. 그 정도만 했으면 충분한 거지."

그때 이야기를 듣고 있던 승준이 한수를 보며 물었다.

"형, 그건 그렇고 선수들하고 유니폼은 많이 교환했어요?"

"그럼. 리오넬 메시나 크리스티아누 호날두, 아자르 등 꽤 많이 교환했지. 그만큼 경기를 많이 뛰었잖아."

"……그 유니폼은 다 어디에 뒀어요?"

"어디긴. 집에다가 보관 중이지. 왜? 보고 싶어?"

"네. 나중에 한 번 보여주면 안 돼요?"

"이사 가면 놀러 와. 그때 실컷 보여줄게. 그건 그렇고 너 고양이는 아직도 키우고 있어? 이름이 루나였지?"

"예, 그럼요. 아직 캣초딩이라서 빨빨거리며 뛰어다니기 바빠요."

승준이 아빠 미소를 지었다. 그 모습을 본 한수가 웃으며 말했다.

"루나도 데려와. 「하루 세끼」 촬영 끝나고 한 번도 못 봤잖아."

"예, 형."

맥주를 마시며 치킨을 뜯고 있던 지연이 한수에게 물었다.

"「힐링 푸드」 촬영하는 거면 음반 작업은 이제 안 할 거야?"

"아니, 음반 작업도 꾸준히 해야지."

「K-POP STAR」도 이미 확보했다. 그러나 한수는 음반 작업도 꾸준히 할 생각이었다. 그가 노래를 부르려는 이유는 단 하나였다.

자신이 부르는 노래를 사람들이 듣고 열광하며 환호성을 보내주는 그 모습을 보고 싶어서였다. 지연이 수줍게 얼굴을 붉히며 물었다.

"언제 또 같이 하나 작업할까?"

"응. 문제없지. 시간 봐서 괜찮을 때 앨범 하나 더 내자."

"야! 강한수! 너 치사하게 여자하고만 할 거냐? 나하고 제일 먼저 해야 하는 거 아니냐?"

윤환이 투덜거렸다. 한수가 그런 윤환을 빤히 보며 물었다.

"……형도 저보다는 여가수하고 음반 작업하는 걸 더 선호하잖아요."

"……어, 음."

말끝을 흐리는 윤환을 보며 한수는 코웃음을 쳤다. 그러나 그의 태도가 이해 안 가는 건 아니었다.

자신이라도 그렇게 행동했을 터였다. 그때 서현이 아쉬움이 묻어나오는 얼굴로 한수를 보며 중얼거렸다.

"치, 축구, 노래, 예능, 웬만한 건 전부 다 잘하면서 연기는 왜 못 하는 건데?"

"……."

한수가 얼굴을 붉혔다.

발연기.

자꾸 발연기라는 이 단어가 머릿속에 쿡쿡 틀어박히는 듯했다.

그는 한숨을 길게 내쉬었다. 하루라도 빨리 「영화」 혹은 「드라마」 채널을 확보해서 이 굴욕을 씻어낼 생각이었다.

오랜만에 만난 연예계 동료들과 함께 한수는 마음껏 술잔을 기울이며 그동안 쌓인 스트레스를 실컷 풀 수 있었다.

서현과 지연의 매니저가 각각 두 사람을 데리고 먼저 떠났고 한수는 윤환과 3팀장, 두 사람하고 허심탄회하게 이야기를 나눴다.

갈등하던 3팀장은 조금씩 마음을 굳히고 있었다. 술자리가 끝난 건 새벽 세 시를 넘긴 뒤였다.

다들 귀가할 시간이었지만 한수가 몰고 온 차가 워낙 고가이다 보니 마땅한 대리기사를 찾을 수가 없었다.

결국, 한수는 근처 호텔에서 하룻밤을 자야 했다. 그리고 다음 날 술에서 완전히 깬 뒤 호텔을 나왔을 때였다.

「소주 한 잔」 가게 앞에 엄청나게 많은 사람이 모여 있었다.

그들은 사진을 찍으며 연신 감탄을 토해내고 있는 중이었다.

한수는 직감할 수 있었다. 이들이 지금 보고 있는 게 페라리 812 슈퍼패스트라는 것을.

저렇게 많이 모여 있는 인파를 막상 보자 그 안으로 들어서는 게 부담이 됐다.

그렇다고 차를 두고 집에 돌아갈 수도 없는 일이었다.

한수는 인파를 헤치고 자동차에 다가가기 시작했다. 처음에는 인상을 찌푸리던 사람들이 한수를 알아보고 눈을 휘둥그레 떴다.

"아……"

전혀 뜻밖의 사람을 만나서일까.

기겁하던 사람들이 이내 비명을 내질렀다.

"강한수다!"

"한수 오빠!"

"야, 무슨 오빠야. 네가 다섯 살은 더 많은데……."

"돈 많이 벌면 형, 오빠거든?"

"한수 형! 사인 좀 해주세요!"

강한수는 어떻게든 자신에게 손을 대려 하는 사람들을 헤치고 페라리 812 슈퍼패스트 문을 열었다. 그리고 사람들을 뒤로 한 채 슈퍼카에 올라탔다.

그들은 한수가 페라리 812 슈퍼패스트의 진짜 주인임을 확인하게 되자 놀라는 한편 연신 카메라를 찍어댔다. 개중 손 빠른 몇몇은 SNS에다가 곧장 사진을 올리기도 했다.

부르릉-

거친 포효음이 울렸다.

사람들이 주춤거리며 뒤로 물러났다.

한수는 그대로 페라리를 몰고 강남을 빠져나오기 시작했다. 감히 다른 차들은 한수 앞에 끼어들 생각을 하지 못했다. 옆 차로로 달리려는 차도 없었다.

부딪치는 순간 대물 10억 원을 들어놓지 않는 이상 100 대 0이 아닌 이상 무조건 손해를 본다는 걸 알고 있어서였다.

그러나 한수는 과격하게 운전하지 않았고 그렇게 페라리 812 슈퍼패스트는 그 이름값에 어울리지 않게 정속 운전하며 집으로 돌아올 수 있었다.

본의 아니게 또 한 번 이슈가 된 한수는 집에 돌아온 뒤 각종 포털 사이트 연예란 기사에 올라오고 있는 자신의 소식을 접하며 고개를 절레절레 저었다.

그러나 한수가 보유 중인 차는 페라리 812 슈퍼패스트를 제외하면 없었다. 람보르기니 센테나리오 로드스터를 탄다고 해서 달라질까?

그건 페라리 812 슈퍼패스트보다 더 눈에 띄는 모델이다.

그래도 페라리 같은 경우 국내에 2대 입고됐고 다음 달에 3대가 더 입항한다는 이야기가 있었지만, 람보르기니 센테나리오 로드스터는 20대 한정판이었다. 국내에 이 모델을 보유 중인 사람은 전무 했다.

"집을 구한 다음 자동차도 저렴한 걸로 하나 사야 하나?"

사람들의 시선이 부담스럽거나 불편한 건 아니었다.

오히려 한수는 그런 사람들의 시선을 즐기곤 했다.

스토커처럼 구는 사람들은 부담스럽지만 그렇게까지 진상을 떠는 사람은 아주 많지 않았다. 한수가 이렇게 사람들의 시선을 즐길 수 있었던 건 그가 축구 선수로 뛴 경험이 있었기 때문이다.

적게는 2만 명, 많게는 10만 명이 넘는 사람들 앞에서 경기를 해야 했다. 그 이후에도 한수의 사생활은 일거수일투족이 감시를 당하다시피 했다.

특히 외국의 파파라치는 극성이 심했다. 그것 때문에 연애를 하고 싶어도 하지 못했다. 한수가 한창 축구를 할 무렵 적잖은 외국 모델들이 한수에게 러브콜을 보냈다.

개중 몇몇은 대담하게 한수가 머무르고 있는 호텔까지 찾아온 적도 있었다. 당연히 한수는 남자였다. 고자가 아니었다.

게다가 성인 채널도 확보했고 그래서 이론만큼은 자신감이 넘쳤다. 물론 아직 실전을 겪진 못했지만, 머릿속에 있는 그 수많은 경험을 바탕으로 달인 못지않은 실력을 발휘할 수 있을 것 같았다.

하지만 이상한 염문설에 휘말리고 싶은 생각은 없었다.

그런 탓에 한수는 가급적 여자를 멀리했고 본의 아니게 게이가 아니냐는 오해를 산 적도 있었다.

한수는 축구 선수로 엄청난 스포트라이트를 받았고 실제로 맨체스터 시티가 트레블을 하는 데 정말 많은 도움을 줬지만, 그와 별개로 축구를 하지 않을 때 한수는 외로움을 많이 타야 했다.

가족이 함께 있는 것도 아니고 그렇다고 해서 친구들이 함께 있는 것도 아니었으니까.

그런 한수에게 가장 큰 도움이 되어준 건 케빈 더 브라이너와 스마트폰이었다.

케빈 더 브라이너는 위닝 일레븐을 함께 즐기는 친구였고 스마트폰은 남는 시간 동안 피로도를 소모하며 다른 채널에 대한 경험치를 올리는데 적잖은 도움을 줬다.

그러나 이런 이유 때문에 계속 축구를 하지 않은 것도 있었다.

"한수야, 너 이사가 언제랬지?"

"다음 주 월요일이에요."

"이사 준비는 다 끝난 거야?"

"예, 포장이사 불렀으니까 신경 안 쓰셔도 돼요."

"휴, 외국에 있을 때도 외로웠다며? 근데 굳이 독립해야겠어?"

"저도 이제 성인이잖아요. 돈을 못 버는 것도 아니고요. 무엇보다 아파트 주민들이 많이 불편해하잖아요. 그럴 바에는 혼자 사는 게 더 나을 것 같아요. 그래서 연예인들이 꽤 많이 산다는 곳으로 가려고요."

"아는 사람은 있어?"

"예, 환이 형도 거기서 살고 있어요."

"아, 그럼 괜찮겠구나."

한수 어머니가 고개를 끄덕였다. 그도 한수를 통해 윤환을 두 번 정도 만난 적이 있었다.

방송에 나오는 그 모습 그대로 성실하고 바람직한 사람이었다. 처음 한수를 연예계로 들여놓은 사람이 그라는 걸 알고 꺼린 적도 있었지만, 지금에 와서는 한수가 자신이 하고 싶은 걸 마음껏 해줄 수 있게 해준 것에 대해 고마움을 느끼고 있었다.

그래도 이웃사촌으로 윤환이 있다고 하니까 한결 안심하게 되었다.

"집에 있을 거니?"

"예, 황 피디님이 연락 주시기 전에는 집에 있을 거예요."

"그래. 너무 방 안에만 갇혀 있지 말고. 엄마는 오늘 친목계 있어서 나갔다 올게. 저녁 먹고 올 거니까 네가 알아서 챙겨 먹고."

"예, 걱정 마세요."

한수의 요리 실력을 누구보다 잘 아는 한수 엄마다.

그는 아들이 어련히 챙겨 먹을 것이라고 생각하며 집 밖을 나왔다.

한수는 집에 홀로 남겨졌다.

엄마는 친목계를 갔고 아버지는 친구분과 함께 바다낚시를 간 걸로 알고 있었다. 차라리 이럴 줄 알았으면 아버지를 쫓아 낚시라도 갔다 올 걸 그랬나 생각하던 한수는 으레 습관처럼 방송을 켰다. 그런 다음 히어로즈 오브 레전드에 접속하기 시작했다.

요 며칠 꾸준히 승수를 쌓은 덕분에 한수는 마스터 티어에서도 꽤 높은 위치에 올라와 있었다.

어쩌면 조만간 챌린저 티어로 올라갈지도 몰랐다.

그 정도로 한수의 점수는 계속해서 꾸준히 상승 중이었고 그럴수록 한수에 대한 구애도 계속해서 늘고 있는 상황이었다.

오늘도 계속해서 뜨는 친구 추가 알림창을 보며 한수가 눈살을 찌푸렸다.

그때였다.

한수 눈을 사로잡은 게 하나 있었다.

-어? 뭐야?

-저거 KV 감독 닉네임 맞지?

-진짜? 어? 야! 화면 왜 가리는데!

-화면 보여줘 봐!

어느덧 시청자도 이백 명을 훌쩍 넘긴 상태였다.

방송킨 지 채 5분도 되지 않았는데 벌써 시청자들이 우글거리며 키보드를 두드리고 있었다.

한수는 화면을 가린 뒤 친구 추가 메시지를 확인했다. 국내 3대

통신사 중 한 곳인 KV에서만 온 게 아니었다. 엠페러(Emperor)의 소속팀으로 유명한 SBV에서도 친구 추가가 온 상태였다.

그는 친구 추가 제안을 수락했다. 곧장 KV 감독이 한수에게 메시지를 보냈다.

-안녕하세요. 처음 뵙겠습니다. KV 히오레 감독 이성준입니다. Hans님 맞으시죠?

-예, 맞습니다. 그런데 진짜 이성준 감독님이신가요?

-예, 정 궁금하시면 갓벤 가셔서 확인해 보셔도 됩니다. 거기 인증되어 있어요.

갓벤에는 프로 선수의 소환사 명과 프로팀 감독 및 코치의 소환사 명이 인증 형태로 등록을 해두게 되어 있다.

꽤 오래전 그런 게 없었을 때 선량한 몇몇 학생들이 사기를 당한 적이 있었기 때문이다.

한수는 갓벤에 접속해서 인증 정보를 확인했다.

KV 히오레 팀의 이성준 감독 소환사 명이 확실했다.

-맞으시네요. 죄송해요. 친구 추가가 하도 많이 와서 일부러 다 꺼버렸거든요.

-이해합니다. 저희 팀 애들도 매번 그러거든요. 그건 그렇고

혹시 소속팀은 있으신가요? 프로 선수가 아니라는 이야기를 들어서요.

-소속팀요? 없습니다. 저는 아마추어입니다.

-조만간 챌린저도 찍으실 것 같은데 아직도 소속팀이 없으신 게 의아하네요. 혹시 그 이유를 알 수 있을까요?

-프로게이머가 되고 싶은 생각은 없어서요.

-아……. 음, 저는 Hans님을 꼭 영입하고 싶습니다. 연습생 신분으로 몇 차례 테스트해 본 뒤 실력만 입증된다면 곧장 주전으로 기용할 생각도 하고 있습니다.

생각보다 더 파격적인 대우였다.

KV 히오레 팀의 주전 미드라이너는 이글(Eagle)이다.

그는 홀드컵 우승자 출신이기도 하며 국내에서는 세 손가락 안에 손꼽히는 미드라이너.

그런데도 그를 제치고 주전으로 기용하겠다고 하는 이성준 감독의 의도는 단 하나다.

국내 최강팀인 SBV, 그리고 그 팀의 미드라이너 엠페러(Emperor).

어떻게든 그를 잡고 싶다는 의도가 분명했다.

이글은 엠페러에게 큰 규모의 대회에서 약한 모습을 보여주는 경우가 잦았기 때문이다.

-부담이 안 되시면 연락 한 번 부탁드립니다. 제 연락처는 010-XXXX-XXXX입니다. 이 번호로 연락 주셔도 됩니다. Hans님의 연락을 기다리고 있겠습니다.

-생각해 보겠습니다.

한수는 그 이후 SBV 감독에게서 온 메시지도 확인했다.

그가 하는 이야기도 비슷했다.

연습생 신분으로 한수를 영입하고 싶다는 것이었다.

그러나 그들이 한수를 데려오려고 하는 건 다른 이유에서 가 아니었다.

식스맨(Sixman).

한수를 보결 멤버로 써먹기 위해서였다.

즉, 양 팀이 한수에게 제시한 구체적인 조건은 천양지차였 다.

당연히 주전으로 뛸 수 있는 KV의 조건이 더 뛰어났다.

한수는 국내 최정상급 팀이라고 할 수 있는 두 팀에게서 온 제안을 보고 눈매를 좁혔다.

그러나 지금 당장 프로게이머가 되겠다는 생각은 없었다.

돈이 부족한 것도 아니고 그렇다고 히어로즈 오브 레전드 를 직업처럼 할 생각도 없었다.

한수는 축구만큼 히어로즈 오브 레전드를 즐긴 건 아니었다. 실제로 대학생일 때 한수는 히어로즈 오브 레전드를 하다가 같은 팀원에게 엄청 모욕적인 말을 들은 적도 많았고 심지어는 패드립을 당한 적도 있었다.

그렇다 보니 가끔 히어로즈 오브 레전드를 할 뿐 히어로즈 오브 레전드에 푹 빠진 적은 없었다.

그러다가 한수는 채팅창을 훑었다.

-야! 화면 언제 킬 거야!

-진짜 이성준 감독이 친추한 거냐?

-프로 데뷔함?

-미친. 아무리 잘해도 애가 이글을 넘을 수 있겠냐? 고작 해야 연습생이겠지.

-하긴…… 이글은 그래도 홀드컵 우승 경험도 있잖아.

-어차피 엠페러한테 찌발리지 않을까?

-이글이 엠페러 3연속 솔로킬 딴 적도 있음 ㅅㄱ

-그땐 팀 멤버가 좀 별로였잖아. 솔직히 요즘은 SBV가 최강 아님?

-그건 아니지.

-근데 진짜 연습생으로 들어오라고 한 건가? 겁나 궁금하다 ㄹㅇ

-아. 궁금하다고!

한수는 다시 화면을 켰다.

KV와 SBV, 두 감독과 나눈 대화는 진즉에 삭제한 뒤였다.

시청자들이 궁금한 듯 아우성을 떨었지만, 한수는 아랑곳하지 않은 채 계속해서 게임을 시작했다. 그리고 계속해서 연전연승을 거두며 점수가 꾸준히 올라갔다.

시청자들은 이제 한수가 천상계에서는 얼마나 통할지 그것을 관심 있게 보고 있었다.

-만약 한스가 천상계에서 통한다면 우리도 천상계에서 통할 수 있다는 거 아니냐?

-ㅋㅋㅋ 개소리하고 있네.

-주제 파악해, 인마. 라인전에서 바로 찌발릴 게 뻔하잖냐.

-근데 나 한스 방송 처음부터 봤는데 진짜 놀랍다. 분명 그때만 해도 킬각 전혀 못 보고 맨날 똑같은 갱 당하고 그랬는데…….

-그러게. 어떻게 가능한 거지?

그때였다.

새로운 매치를 찾던 한수가 랭겜이 잡혔고 그는 수락 버튼을 눌렀다.

랭겜에서는 모두 10개의 밴을 하게 되어 있다.

3개의 밴 이후 2개를 추가로 밴한다.

한수가 먼저 OP(Over Power)급 챔피언을 밴했다.

그때였다.

상대 팀이 가장 앞에 있는 'ㄱ'으로 시작하는 챔피언을 밴했다.

-어?

-ㄹㅇ이냐?

-엠페러지?

OP 챔피언이 아닌 'ㄱ'으로 시작하는 가장 앞선 챔피언을 밴하는 건 세계 최강의 미드라이너 엠페러, 그의 시그니처였다.

갓벤 히어로즈 오브 레전드 게시판에 연속적으로 글이 도배되기 시작했다.

-아! 대박 났다. 한스하고 엠페러하고 붙는다.

-한스 vs 엠페러 한다. 솔랭에서 만남.

-한스가 누군데?

ㄴ몇 주 전까지만 해도 브론즈 5티어였다가 지금 챌린저까

지 간 애 있음. 트위치TV 스트리머임.

└미친. 말이 되냐? 브론즈5가 어떻게 챌린저를 가? 대리 아니야?

└본사에 누가 메일 보내서 항의했다는데 대리 아니라고 이미 답변받았다던데? 정상적으로 플레이 중이라더라.

-와, 대박. 나 지금 보러 감.

한수가 켜둔 방송의 시청자 수가 폭발적으로 늘기 시작했다. 삼백 명 정도였다가 화면을 가리는 사이 이백 명 정도로 줄었는데 엠페러와 게임이 잡힌 뒤 게임이 막 시작되는 순간 시청자가 천 명을 훌쩍 넘어섰다.

그리고 로딩 화면이 끝나고 시공의 협곡에 들어섰을 때 시청자 수는 삼천 명을 넘어가고 있었다.

그뿐만이 아니었다.

메인 화면에도 한수의 게임 방송이 노출됐다.

-누가 이길까?

-당연히 엠페러지. 괜히 세체미가 아닌데.

-난 모른다고 봄. 이건 솔로랭크잖아. 팀게임이 아닌데 누가 이길지 모르지.

-근데 엠페러뿐만 아니라 다른 라이너도 다 프로팀인데?

-라인업 미쳤네. 누가 이길지는 끝까지 봐야 할 듯.

한수는 손가락에 깍지를 낀 채 몸을 풀었다.

상대 팀 선수는 세계 최고의 미드라이너로 꼽히는 엠페러였다. 소환사 명답게 그는 E스포츠계 두 명의 황제 중 한 명으로 유명했다.

한 명은 스타크래프트의 중흥기를 이끌었던 황제 임준환이었고 다른 한 명은 엠페러 이신혁이었다.

한수가 OZN 채널을 확보하고 제일 많이 참고했던 플레이도 엠페러 이신혁의 플레이였다.

확실히 그는 남다른 무언가가 있었다.

그가 본 미드라이너보다 훨씬 더 강렬했다.

순간적인 상황판단이나 킬각을 보는 눈, 그리고 큰 경기에서 유독 발휘되는 집중력까지.

한수가 가장 많은 영향을 받은 건 바로 엠페러 이신혁이었다.

사실상 한수는 엠페러 이신혁의 분신에 가까웠다.

그러나 이신혁이 할 수 없는 걸 한수는 할 수 있다는 것에서 조금은 차이가 있긴 했다.

그러는 사이 경기가 시작됐다.

평범한 솔로랭크 경기이지만 한수가 갖는 중압감은 생각보다 꽤 컸다.

마치 챔피언스리그 결승전에서 뛰는 느낌까지 들 정도였다.

-와, 개 떨린다.

-초반 1렙 싸움이 가장 중요할 거.

-누가 라인전에서 우위를 잡느냐가 중요하겠지?

-챔피언 상성은 없냐?

-둘 다 비슷비슷해. 결국 CS 잘 챙기면서 체력 많이 깎는 게 더 유리해지겠지.

몇몇 시청자들이 훈수를 두기 시작했다.

그리고 한수는 엠페러 이신혁과 마주본 채 1렙 라인전을 처음으로 펼쳤다.

엠페러 이신혁과 강한수의 경기를 주목하는 건 강한수 방에 있는 시청자뿐만이 아니었다.

엄청나게 넓은 연습실.

이곳에는 여러 대의 컴퓨터가 놓여 있었다. 그러나 사람들은 컴퓨터 앞에 앉아 있지 않았다. 그들은 게임을 허겁지겁 끝낸 채 엠페러 이신혁 뒤에 옹기종기 모여서 앉아 있었다.

"얘가 걔야? 한스?"

"어. 트위치TV에서 방송 중이네. 시청자 수가…… 팔천 명 정도네?"

"이게 다 신혁이하고 게임해서 그런 거 아니야?"

"그건 그렇지. 어, 라인전 들어간다."

이곳은 SBV 팀의 연습실이었다. 그리고 그들은 한창 연습을 하던 도중 이신혁이 스트리머 한스하고 라인전을 하게 됐다는 걸 알게 되고 직접 게임을 보기 위해 이 자리에 모여 있었다.

단순히 그가 이신혁과 붙게 된 거라면 이렇게까지 모이진 않았을 것이다.

그러나 저 한스라는 스트리머가 브론즈5에서 챌린저까지 올라오게 된 것과 SBV뿐만 아니라 KV에서도 그에게 영입 시도를 했다는 것이 중요했다.

그때 연습실에 들어온 SBV팀의 코치가 선수들을 둘러보며 물었다.

"왜 그래? 무슨 난리 났어?"

"갓벤 못 보셨어요?"

"응? 무슨 일 있어? 뭐야? 또 누가 사고 쳤어? 신혁이는 아닐 테고…… 배형석 너냐?"

"예? 아니에요. 그게 아니라 코치님이 친구 추가했다던 그 스트리머 있잖아요."

"어? 누구? 아, 한스? 응. 근데 왜?"

"신혁이하고 지금 라인전 같이 섰잖아요. 그래서 그거 보려고 모인 거예요."

"어? 진짜? 야! 비켜 봐. 나도 좀 보자."

SBV팀 코치도 다급히 의자를 가져와서 앉았다. 한쪽 화면에는 이신혁의 게임 플레이가, 그 옆쪽 화면에는 트위치TV를 통해 중계되고 있는 한스의 게임 플레이가 잡혔다.

그러나 중계 때 걸리는 딜레이 때문에 한스의 화면이 10초 정도 늦었다.

그러는 동안 두 사람이 본격적으로 라인전을 시작했다.

처음 CS를 먹고 난 뒤 딜 교환을 하던 이신혁이 가볍게 혀를 내둘렀다.

코치가 이신혁을 보며 물었다.

"왜?"

"되게 날카로운데요? 공격적이기도 하고요."

"그래? 한 번 부딪쳐 봐. 네가 더 잘하잖아."

"예, 집중 좀 할게요."

이신혁이 눈을 빛냈다.

그가 집중하기 시작한 순간 다른 선수들도 긴장의 끈을 조였다. 이신혁이 집중하기 시작했다는 건 그만큼 상대방이 강하다는 의미이기 때문이다.

게임 초반부터 엄청난 혈전이 펼쳐졌다.

두 사람 모두 핵을 쓰는 것처럼 스킬샷을 절묘하게 피하며 상대를 향해 계속해서 딜 교환을 이어 나갔다. 그리고 어느 순간 되었을 때 두 사람은 약속이라도 한 듯 귀환을 했다.

이신혁이 식은땀을 소매로 훔쳤다.

코치가 이신혁을 보며 물었다.

"어때?"

"장난 아니에요. 어후, 되게 잘하는데요?"

"그 정도야?"

"예, 되게 공격적인데 스킬샷은 진짜 잘 피하고. 브론즈5티어였던 선수 맞아요? 제가 볼 땐 충분히 챌린저 찍을 만한 실력인데……."

"어. 원래 브론즈 5티어였어. 그러다가 최근 급격히 잘하기 시작했다던데……."

그때 가만히 방송을 보고 있던 배형석이 눈을 빛내며 말했다.

"이 녀석 누군지 모르겠지만 너하고 플레이 스타일이 비슷한데?"

"어? 나하고?"

"응. 똑같아. 네가 주로 쓰던 템 세팅으로 가는데?"

SBV팀 코치가 그것을 보며 더 꼼꼼하게 경기를 확인했다. 그리고 그가 눈을 빛냈다. 이신혁 말대로 동선이나 딜 교환, CS 수급, 스킬샷을 피하는 무빙 등 이신혁을 빼닮아 있었다.

"……신기하네."

게임이 계속 이어졌다.

그러나 솔로랭크는 팀 게임과 조금 다른 점이 있었다. 정글러의 개입이 여러 변수를 창출한다는 것이었다.

그리고 트위치TV에 나오고 싶은 욕심에서일까? 한수와 함께 게임을 하던 정글러가 보다 더 미드라인에 많이 개입하기 시작했다.

그럴 때마다 이신혁은 버그성에 가까운 플레이를 보이며 스킬샷을 피하는 무빙을 보였다.

그것을 보며 한수는 혀를 내둘렀다. 그도 OZN 채널을 보면서 그의 경험과 지식 등을 그대로 가져왔지만 생각했던 것보다 이신혁의 플레이는 형언할 수 없는 신기가 번뜩이는 그런 경기력이 눈부시게 빛나고 있었다.

어째서 그가 세계 최고의 미드라이너로 불리는지 알 것 같았다.

순식간에 40분이 지나갔다. 경기는 한수 팀의 승리로 끝이 났다. 하지만 기대를 끌었던 미드 라인 대결은 팽팽한 것으로 끝이 났다.

경기가 끝난 뒤 한수는 숨을 길게 토해냈다. 그리고 그는 처음으로 메시지를 보냈다.

-GG

얼마 지나지 않아 이신혁도 채팅을 쳐왔다.

-GG

평소 채팅을 많이 치지 않는 이신혁으로서는 꽤 특별한 일이었다.

한수는 시청자 수를 확인했다. 게임을 시작할 무렵 삼천 명 정도였었던 시청자 수는 팔천 명으로 늘어났다가 게임 막바지에 이르러서는 만오천 명까지 폭발적으로 증가한 상태였다.

경기가 끝난 뒤 사람들이 하나둘 빠져나가기 시작했다.

그러나 채팅창은 읽기도 어려울 만큼 빠른 속도로 스크롤바가 올라가고 있었다.

한수는 채팅창을 읽다 말았다.

너무나도 빨리 올라오기 때문에 더 이상 읽기 어려웠다.

그 대신 그는 재차 경기를 시작했다.

그때였다.

채팅창에 알림이 들어왔다. 한수가 화면을 반쯤 가린 뒤 채팅창을 확인했다.

-뭐야? 프로팀 입단하는 거임?

-누구냐?

-조금 전 엠페러하고 붙는 거 보고 KV가 몸 닳은 거 아님?

그러나 한수에게 채팅을 걸어온 건 한수의 불알친구 중 한 명인 준성이었다.

4수 이후 극적으로 대학교에 입학한 녀석이었지만 이미 여자친구는 바람이 난 뒤였다. 결국, 녀석은 한 학기만 대학교를 다닌 뒤 군대에 불쑥 입대해 버리고 말았다.

그러던 녀석이 휴가를 나왔는지 한수에게 연락을 취해온 것이었다.

-저기 누구세요?

-아…….

한수가 머리를 긁적였다.

그는 스트리머를 하면서 닉네임 변경권을 이용해서 소환사명을 바꿔놓은 상태였다.

그렇다 보니 기존에 친구 추가가 되어 있던 친구들은 한수가 Hans라는 걸 모르고 있었다.

그러나 요즘 히어로즈 오브 레전드를 안 하고 있었기 때문에 문제가 없었는데 오랜만에 휴가를 나온 준성이가 히어로즈 오브 레전드에 불쑥 접속한 것이었다.

하지만 준성 입장에서도 뜬금없는 일이었다.

지금 친구창에는 불알친구들밖에 없었다.

그런데 개중 한 명이 당당히 챌린저 마크를 달고 있었다.

처음에는 해킹을 당한 게 아닌가 싶었지만, 해킹을 당한 흔적도 없었다.

'도대체 이놈은 뭐야? 뭔데 친구 추가가 되어 있지?'

준성 입장에서는 그런 생각을 할 수밖에 없었다.

-누구신데 친구 추가가 되어 있는 거예요? 저 아세요?

한수는 대답 없이 채팅창을 닫았다. 괜히 쓸데없는 이슈에 휘말리고 싶진 않았다.

계속해서 알림이 뜨긴 했지만, 한수는 애써 신경을 껐다.

그리고 그는 방송을 종료했다.

피로감이 몰려들었다. 확실히 엠페러 이신혁은 대단한 플레이어였다.

언젠가 또 한 번 제대로 맞붙고 싶었다.

그리고 진짜 승부를 가리고 싶었다.

한수는 OZN 채널을 확보하기 위해 궁리를 거듭했다.

프로게이머로 뛸 생각은 없었다.

그렇지만 OZN에 출연을 해야 OZN 채널을 완벽하게 확보하는 게 가능했다. 어떤 식으로든 OZN 프로그램에 출연해야 한다는 이야기였다.

한수는 자신의 인맥을 동원해서 자신이 출연할 수 있는 프로그램이 있는지 없는지 알아보기 시작했다.

그리고 그는 꽤 쓸 만한 정보를 하나 접할 수 있었다.

한수는 주저 없이 전화를 걸었다.

상대는 OZN 피디였다.

"여보세요. 이명태 피디님 맞으시죠?"

-예. 맞는데요. 누구시죠?

"아, 저는 강한수라고 합니다."

-헉. 지, 진짜 강한수 씨 맞으세요?

"네, 다른 게 아니라 뭐 하나 여쭤보고 싶은 게 있어서요."

-아, 예. 말씀하세요.

"이번에 이벤트 매치 열린다고 들었는데, 참가 조건이 어떻게 되나 싶어서요."

-이벤트 매치요? 아, 설마 한수 씨도 참가하시게요?

"예, 가능하면 저도 참가하고 싶어서요."

-그렇다면 저야 당연히 환영이죠. 그건 그렇고 혹시 티어가 어떻게 되세요? 아무래도 이게 프로게이머를 상대로 하는 것이다 보니 실력자 위주로 구하고 있었거든요. 물론 한수 씨는

실버만 되어도 제가 어떻게든 모실 생각입니다만.

그 말은 브론즈는 제아무리 강한수라 해도 사람대접을 받을 수 없다는 의미였다.

한수는 슬쩍 한숨을 내쉬었다.

-브, 브론즈는 아니시죠?

"브론즈는 어렵나 보죠?"

-에, 그게…….

그때 한수가 대답했다.

"걱정 마세요. 저 챌린저입니다."

-네?

그가 당황하는 게 목소리로도 전달이 됐다.

한수가 재차 힘주어 말했다.

"저 챌린저입니다, 피디님."

이명태 피디는 순간 욕지거리가 나오려는 걸 참아야 했다.

'이 또라이 새끼가…….'

방송촬영을 하던 도중 대부분 접고 맨체스터 시티에 입단한 일화는 방송가에서 대단히 유명했다.

직접적인 피해를 본 곳은 없었다. 대부분 아쉬워했다.

한수는 흥행 보증 수표였으니까. 「자급자족 in 정글」 멤버들이 가장 많이 아쉬워했다.

그러나 쌍욕을 한 곳도 더러 있었다.

「마스크싱어」 제작진이 그랬다.

위풍당당 아수라 백작은 그야말로 위풍당당하게 가왕길만 걷고 있었다.

인터넷 여론도 매우 호의적이었다. 무엇보다 정체를 추론할 수 없다는 것.

그것 때문에라도 「마스크싱어」 제작진은 한수를 끝까지 가왕으로 가져가고 싶어 했다.

그가 우리 동네 음악대장이 기록했던 9연승을 꺾어주길 원했던 것도 사실이다.

하지만 한수가 맨체스터 시티에 입단하면서 그들의 꿈은 물거품이 되고 말았다.

그러나 그건 「마스크싱어」 제작진의 실수였다.

당시에 얼음공주 눈꽃 소녀로 출연한 권지연이 가왕이 될 거라고 자신했던 게 문제였다.

이명태 피디는 숨을 골랐다. 1년이 지났지만, 한수는 그때보다 더 유명해졌다.

1년 만에 축구 선수로 뛰면서 프리미어리그 우승, FA컵 우승, 챔피언스리그 우승 등 트레블을 달성하고 돌아왔다.

금의환향(錦衣還鄉)이라는 말이 누구보다 어울리는 남자다.

그것 때문에 방송국에서도 그를 섭외하고자 엄청 노력을 기울이고 있다.

그런데 그가 OZN에 출연하고 싶어 한다는 건 호박이 넝쿨째 들어온 것이나 마찬가지였다.

하지만 초장부터 별말도 안 되는 헛소리를 해대는 걸 듣고 있자니 욕지거리가 나오는 걸 참기 힘들었다.

챌린저가 무엇인가. 히어로즈 오브 레전드(Heroes Of Legend)에서도 상위 50인 안에 드는 사람들이다. 그리고 챌린저 자리를 차지하고 있는 사람들은 대부분 프로게이머로 활동 중이다.

만약 진짜 연예인이 챌린저였다면?

난리가 났을 게 분명하다. 진즉에 사람들에게 알려졌을 테고 입소문을 탔을 것이다.

하지만 여태껏 연예인이 챌린저는커녕 마스터라는 이야기도 들어본 적 없었다.

'아, 블루블랙 멤버 한 명이 마스터 티어라고 했던가?'

이명태 피디가 머리를 긁적였다.

잠시 고민하던 이명태 피디가 입을 열었다.

"휴, 한수 씨 실버여도 괜찮습니다. 진짜 한수 씨 섭외할 의사 있습니다. 오히려 이렇게 연락 주셔서 제가 감사할 따름이죠."

―……피디님, 진짜 못 믿으시나 본데 저 챌린저 맞습니다.

한수의 목소리는 진지했다.

이명태 피디가 눈매를 좁혔다. 만에 하나라는 게 있을 수도 있다. 그가 한수를 향해 물었다.

"한수 씨, 진짜 챌린저 맞으세요?"

-예, 맞아요.

"……잠깐만요. 챌린저 아이디가 어떻게 되세요?"

챌린저는 50명밖에 없다.

아이디를 검색하면 금방 찾을 수 있다.

한수가 대답했다.

"아이디는 Hans예요. 지금 31위인가 그럴 거예요. 맞나?"

-Hans요? 잠시만요. 확인해 볼게요.

한수는 이명태 피디가 확인할 때까지 기다렸다.

그가 자신의 아이디를 공개하기로 마음먹은 건 다른 이유에서가 아니었다.

텔레비전으로부터 능력을 얻은 것이긴 하지만 굳이 실력을 숨길 필요는 없었다.

준성에게 알리지 않은 건 어디까지나 부랄친구들이 부산떨어댈 게 분명해서였다.

바로 PC방으로 튀어오라고 할 게 뻔한데 사람들 득실거리는 그곳에서 강제 챌린저 인증을 할 수는 없는 노릇이었다.

가뜩이나 기자들하고 연예계 쪽에서 한 번이라도 연락하고 싶어서 안달이 난 상태인데 불난 곳에 기름을 부을 수는 없었다.

그리고 이때만 해도 OZN 채널에서 서머 리그가 끝나고 이벤트 매치를 열 줄은 생각지도 못한 일이었다.

하지만 이벤트 매치는 꼭 참가해야 했다. OZN 채널에 나와야 OZN 채널을 완벽하게 확보하는 게 가능했다.

만약 이벤트 매치의 존재를 몰랐다면 끝까지 숨겼겠지만, 그것을 알게 된 이상 어쩔 수 없었다.

번거로움을 택한 대신 한수는 OZN 채널도 완벽하게 자신의 것으로 만들 생각이었다.

이명태 피디는 곧장 조연출과 작가들을 불러 모았다.

회의실에는 노트북 한 대가 놓여 있었다.

"피디님, 무슨 일이세요?"

"다들 강한수 알지?"

"강한수요? 아, 그 축구 선수 말씀하시는 거죠?"

"어, 그래. 그 강한수. 예전에는 흥행 보증 수표라고 불렸던 강한수."

작가 한 명이 퉁명스러운 목소리로 물었다.

"근데 그 사람이 왜요? 우리 채널하고는 관련 없잖아요?"

OZN 채널은 게임 전문 채널이다.

한수하고는 연관이 없다. 작가들이 의문을 품는 건 당연한 일이다.

이명태 피디가 머뭇거리다가 입술을 떼었다. 그가 차분한 얼굴로 작가들을 보며 말했다.

"이번에 이벤트 매치 있잖아."

"섬머 끝나고 하는 거 말씀하시는 거예요? 히오레 프로 올스타하고 연예인 올스타 붙이는 거?"

"응. 거기 나오고 싶대."

"……농담이죠? 히오레는 할 줄 안대요?"

"뭐, 그 나이 남자라면 누구나 할 법하지 않나? 티어는요? 그래도 피디님이 이야기 꺼내신 걸 보면 플래티넘 이상이겠죠?"

이명태 피디는 입이 근질거렸다. 만약 강한수가 진짜 아이디 Hans를 쓰는 그 챌린저가 맞다면?

그는 지금 이 자리에서 심 봤다, 라고 외칠 수 있었다.

이명태 피디는 한수가 자신의 아이디를 밝힌 뒤 그에 대해 면밀히 조사를 했다. 그리고 그는 강한수가 트위치TV에서 스트리머로 활동 중인 것도 알아냈고 SBV, KV를 포함한 여러 프로팀으로부터 영입 제의를 받은 것도 확인할 수 있었다.

"실력은 둘째 치고 섭외하면 어떨까?"

"글쎄요. 시청자들로부터 반감만 사지 않을까요? 일부러 모집 요건도 플래티넘 이상으로 받기로 했잖아요."

서머가 끝나기까지 이제 한 달가량 남았다.

그들은 그동안 연예인 다섯 명을 섭외해서 매주 한두 차례 훈련을 시킬 예정이었다.

이벤트 매치이긴 해도 허투루 할 생각은 없었다.

오히려 연예인들이지만 이렇게 잘한다, 이런 식으로 어필해 볼 생각이었다.

실제로 연예인 중에서도 게임을 즐기는 연예인은 적지 않았다.

개중에는 숨겨진 실력자도 여럿 있을 게 분명했다.

이벤트 매치이긴 해도 어느 정도 백중세를 이루는 모습.

작가들이 원하는 건 그런 것이었다.

"실력이 어떤데요? 잘한다고 해요?"

"지금 섭외 중인 사람이 누구지?"

"블루블랙에 양훈이요."

"양훈? 그 녀석이 아마 다이아몬드였지?"

"예, 다이아몬드 2티어요. 스케줄 없으면 틈틈이 게임하는 모양이더라고요."

"포지션은 어딘데?"

"주 포지션은 탑라이너고 정글도 돌 줄 안대요. 뭐, 그 정도 되면 어느 포지션에 가든 잘하니까요. 일단 탑으로 생각 중이에요."

"원거리딜러는?"

"V.I.P 멤버 중에서 태훈이가 다이아몬드 4티어라고 하더라고요. 그래서 섭외하고 있어요. YX 엔터테인먼트에서도 긍정적이고요."

"다이아몬드 4티어? 꽤 높네?"

"예, 플래티넘 이상으로 모았지만 둘 다 다이아몬드니까 나름 잘 꾸린 거죠."

그때 여작가 한 명이 말했다.

"문제는 미드라이너에요."

히어로즈 오브 레전드에서 가장 중요한 포지션을 꼽으라면 역시 미드라인이다.

팀의 척추를 지탱하는 역할인 만큼 이곳이 가장 치열한 전장이다.

실제로 각 팀의 에이스들 대부분 미드라이너인 경우가 많다.

KV팀이 조금 특이한 것일 뿐 SBV 같은 경우 엠페러가 세계최고의 미드라이너, 세체미라고 불리며 팀 내 에이스를 맡고 있고 진성전자 같은 경우에도 블러드(Blood)가 엠페러 못지않은 신흥강자로 팀을 이끄는 에이스다.

그런 만큼 연예인 팀에서도 미드라이너만큼은 다이아몬드 혹은 마스터 티어로 선수를 선발할 필요가 있다는 게 지배적인 의견이었다.

"소문에는 배우 이선우 씨가 히어로즈 보으 레전드를 즐긴다고 하더라고요. 티어도 꽤 높다고 들었어요. 한번 섭외해 볼까요?"

"송태준은요? 송태준 씨도 잘한다던데……."

"팬텀(Phantom)의 리더 김찬도 다이아몬드라고 하더라고요. 이미 그쪽 소속사에 섭외 요청 넣어뒀어요."

"김찬? 걔 티어는 어딘데?"

작가가 자신만만한 얼굴로 대답했다.

"다이아몬드 1티어래요."

다이아몬드 1티어.

챌린저, 마스터 다음가는 티어다.

여태껏 섭외하려 찾아본 연예인 중에서는 가장 티어가 높은 편이다.

이명태 피디가 작가를 보며 물었다.

"포지션은 어딘데?"

"미드라이너요. 어때요? 괜찮죠? 조만간 마스터 티어 달지도 모른다던데요?"

"정말? 와, 대박이네?"

"그 정도면 엠페러하고 붙여 봐도 되지 않을까?"

"엠페러는…… 어, 음, 그래도 한번 붙여볼 수 있지 않을까요?"

작가들이 어색하게 웃었다.

그래도 그들 표정은 꽤 밝았다.

가장 구하기 까다로울 줄 알았던 미드라이너를 생각보다 손쉽게 구해서인 듯했다.

그때 가만히 앉아 있던 이명태 피디를 보며 작가 한 명이 물었다.

"피디님, 아까 전 강한수 씨 이야기하셨잖아요. 강한수 씨는 포지션이 어디래요?"

플래티넘만 되면 섭외해 보자.

작가들의 공통된 생각이었다.

일단 현재 모든 연예인 중에서 가장 파급력이 큰 게 강한수인 건 맞았으니까. 아니면 골드만 되어도 섭외하고자 하는 의사가 있었다.

그때 이명태 피디가 어깨를 으쓱거리며 말했다.

"내가 볼 때는 김찬보고 다른 포지션 보라고 해야 할 거 같은데?"

"예? 그게 무슨 뜻이에요?"

"강한수 씨 티어가 더 높다는 의미에요?"

"설마 강한수 씨가 요새 인지도 높으니까 미드라이너로 밀어줘야 한다는 뜻은 아니시겠죠?"

작가 몇몇이 새빨개진 얼굴로 쏘아붙였다. 그랬다가 괜히 자신들이 욕을 얻어먹고 싶은 생각은 없었다.

어디까지나 이번 이벤트 매치는 실력 위주로 선발할 생각을 하고 있어서였다.

"……다들 한스라고 알아?"

"한스? 강한수 씨 말하는 거예요?"

한스 신드롬.

작년에 미국과 영국 등을 뒤흔들었던 이슈다.

지금도 미국 빌보드에서는 얼터너티브 락이 강세를 굳히고 있었다.

작년만큼은 아니지만, 꾸준히 브릿팝/얼터너티브 락 장르를 다룬 밴드들이 인기몰이 중이었다.

"아니, 그 한스 말고. 게임 채널에서 일하면 게임과 관련 있는 사람을 생각해야지."

조연출 한 명이 이명태 피디를 쳐다보며 물었다.

"어? 그 트위치TV 스트리머 말씀하시는 거예요?"

"트위치TV 스트리머…… 아, 누군지 알겠다. 그 브론즈5였다가 챌린저 찍은 사람 말하는 거죠?"

"뭐? 그런 사람도 있어?"

"응. 챌린저 찍는데 2주 정도 걸렸을걸? 근데 마이크도 안 하고 캠도 안 켜서 대리 아니냐는 의혹 많이 받았어. 프로게이머 부캐라는 이야기도 있었고."

"그래서? 어떻게 됐는데?"

"대리는 근거 없고, 프로게이머 부캐도 아니라고 결론 났지. 근데 그 Hans는 왜요?"

"아까 한스 보고 강한수 씨 아니냐고 물었지?"

"예."

"그 한스하고 이 한스하고 동일인물이라면 어쩔래? 섭외 안 할래?"

"……잠깐만요. 그러니까 지금 피디님 말씀은……"

"강한수 씨가 그 트위치TV 스트리머 Hans라는 거에요? 그 챌린저? SBV팀 엠페러 선수하고 미드 싸움해서 판정승했던 그 챌린저?"

"어. 이제 왜 김찬이 포지션 옮겨야 하는지 알겠지?"

"……대박."

"진짜 강한수 씨가 챌린저예요?"

"그렇다니까? 나도 처음에는 반신반의했는데. 아예 스샷을 캡처해서 보내줬어. 이거 봐."

그가 회의실 탁자 가운데 놓아뒀던 노트북에서 사진 한 장을 불러왔다.

한수가 직접 찍어서 보낸 스크린샷이었다. Hans라는 소환사 명, 그리고 챌린저 티어가 분명했다.

"무조건 섭외해야죠. 어떻게 됐어요?"

"한수 씨가 먼저 나오고 싶어 했다니까? 이미 섭외 끝났어."

"……대박."

그리고 며칠 뒤, OZN 방송국 인근의 PC방 하나를 통째로 빌린 첫 번째 날 이번 이벤트 매치에 출전할 연예인들이 한자리에 모였다.

CHAPTER
5

상암동 인근에 위치한 PC방.

이곳은 한창 촬영 준비로 북적이고 있었다.

OZN 방송국 스태프들은 이곳저곳에 카메라를 세팅하고 있었고 작가들은 섭외한 연예인들이 언제 올지 연신 매니저한테 전화를 걸고 있었다.

PC방 앞은 이곳에서 오늘 촬영한다는 말에 모여든 몇몇 극성 팬들로 바글거렸고 PC방 바로 옆 사설 주차장은 대형 스타크래프트 밴들이 자리를 꽉꽉 차지하고 있었다.

PC방에는 이미 도착한 몇몇 연예인들이 옹기종기 모여 있었다.

"찬이 형!"

그룹 블루블랙의 멤버 양훈이 김찬을 보고 손을 흔들었다.

김찬이 반가운 얼굴로 양훈에게 달려왔다.

"훈! 너도 출연하냐?"

"예, 제가 이래 봬도 다이아몬드 2티어라고요. 하하."

"그래, 나도 잘 알지. 탑신병자잖아."

"……"

양훈이 머리를 긁적였다.

탑라이너에게 흔히 붙는 별명, 탑신병자.

그러나 부인할 수 없는 사실이기도 했다.

그때 또 다른 연예인 한 명이 도착한 듯 PC방 앞이 시끌벅적해졌다.

"난리도 아니네요. 누가 온 거지?"

"……이 정도면 엄청난가 본데? 누구지?"

그들도 당황해할 때였다. 소란스러움을 뒤로하고 한 사람이 PC방 안에 들어섰다.

양훈과 김찬 모두 자리에서 벌떡 일어났다.

"서, 선배님. 오셨어요?"

"태훈 선배님! 선배님도 여기 출연하세요?"

PC방 안에 들어온 건 그룹 V.I.P의 멤버 신태훈이었다.

신태훈이 어색한 얼굴로 인사를 건넸다.

"안녕하세요. 예, 저도 이번 프로그램에 함께 출연하게 됐어요. 잘 부탁드립니다."

국내에서는 최정상급 인기를 구가하고 있는 보이그룹 V.I.P.

신태훈은 개중에서도 메인보컬을 맡고 있었다. 양훈이 신태
훈을 보며 물었다.

"저 선배님은 티어가 어떻게 되세요?"

신태훈이 멋쩍게 웃으며 말했다.

"다이아몬드 4티어에요. 조금 낮죠? 주 포지션은 원거리딜
러고요."

"아…… 저는 탑을 주로 봅니다. 다이아몬드 2티어고요. 정
글도 조금은 돌 줄 알아요."

보통 두 개 포지션은 돌게 마련이다.

탑라이너라고 해도 간혹 탑을 못할 때가 있고 그러면 서브
포지션 자리에서 뛰어야 하기 때문이다.

"아, 저도에요. 원딜 안 하면 정글 돌거든요. 하하. 김찬 씨
는…… 포지션이 어떻게 되세요?"

"저는 미드라이너입니다. 미드에 자리가 없으면 정글 위주
로 돕니다. 다이아몬드 1티어고요. 잘 부탁드립니다, 선배님."

신태훈이 웃으며 말했다.

"예, 저도 잘 부탁드려요."

"그건 그렇고 이제 남은 게 정글러하고 서폿 이렇게 두 명인
거죠?"

양훈이 대수롭지 않은 얼굴로 말했다. 이미 세 자리는 확정된 것이나 다름없다는 뜻이었다.

다이아몬드 이상 가는 티어가 섭외된 게 아닌 이상 그들이 주 포지션에 가는 건 당연한 일이었기 때문이다. 그러는 와중 또 한 명이 PC방에 들어왔다.

"어?"

"진짜?"

그는 배우 이승준이었다. 드라마 왕관의 무게에 윤환과 함께 출연한 적 있는 그는 「하루 세끼」에서 좋은 모습을 보여줬고 이후 「무엇이든 만들어드려요」에서도 부지런한 머슴 역할을 확실히 해냈다.

그러다가 고봉식 감독 영화에 캐스팅된 뒤 영화 촬영에만 전념했고 그 영화는 다음 주 영화관에서 개봉될 예정이었다.

"와, 진짜 잘생겼다."

"배우는 확실히 다르네요. 그렇죠?"

확실히 배우는 남달랐다.

큰 키에 이기적인 비율, 주먹만 한 머리, 그리고 뚜렷한 이목구비까지.

이승준이 들어오자 사람들 이목이 집중됐다.

먼저 신태훈이 말을 건넸다.

"이승준 씨 맞으시죠? 처음 뵙겠습니다. V.I.P 메인보컬 신태훈입니다."

"아, 태훈 씨. 반가워요. 팬인데 사인 한 장만 해주실 수 있어요?"

"예?"

"제가 V.I.P 노래를 진짜 좋아하거든요. 어, 사인받을 종이가 마땅히 없네……."

그 이후 이승준은 다른 두 명과도 인사를 나눴다.

어느새 네 명이 모였다. 이승준은 플래티넘 1티어였다. 다이아몬드에 올라설 뻔했지만, 매번 승급전에서 아슬아슬하게 떨어졌다고 했다.

주포지션은 서포터였다. 원거리딜러인 신태훈과 파트너를 이룰 예정이었다.

이제 남은 사람은 한 명, 정글러였다.

그리고 바깥이 이전보다 훨씬 더 시끌벅적해졌다. 신태훈이 왔을 때보다 반응이 더 열광적이었다. 남자들이 비명을 내지르는 소리도 있었다.

"도대체 누군데 이래?"

"와, 이것도 나름 쪼이는 재미가 있네요."

그들은 이제 남은 멤버 한 명이 누구일지 기대하기 시작했다.

그리고 PC방 문을 열고 훤칠한 사내 한 명이 들어왔다.

동시에 그들은 연예인을 본 것처럼 자리에서 벌떡 일어났다.

가장 놀란 건 승준이었다.

"한수 형! 형이 어쩐 일이에요?"

승준이 부리나케 한수를 향해 달려갔다. 다른 세 사람은 당황하며 그를 보기에 바빴다. 마지막으로 도착한 건 강한수였다. 한수의 등장에 다들 눈을 휘둥그레 떴다.

그들도 알고 있었다. 그가 노엘 갤러거하고 함께 음반 작업한 것도 그렇지만 맨체스터 시티 소속 선수로 트레블을 이룩한 것도 잘 알고 있었다.

그들에게 강한수는 연예인을 뛰어넘은 연예인이었다.

월드스타(World Star)라고 해야 할까?

그들 입장에서는 한수와 저렇게 툭 터놓고 이야기하는 승준이 그렇게 부러울 수가 없었다.

한수는 승준과 이야기를 나누다가 다른 사람들과도 인사를 나눴다.

"저, 정말 영광입니다. 신태훈입니다."

"V.I.P 메인보컬께서 그렇게 말씀하시면 안 되죠."

한수가 멋쩍게 웃었다. 대학생일 때 그 역시 V.I.P 노래를 자주 찾아들었다.

그런 V.I.P 메인보컬이 자신을 보고 영광이라고 하고 있으니 기분이 묘했다.

"양훈입니다. 저도 잘 부탁드립니다."

"저번에 한 번 본 적 있죠? 석진 형은 잘 지내요?"

"아, 예. 그럼요. 그 형이야 매번 똑같죠."

"김찬입니다. 같이 잘해봐요."

김찬은 한수를 정글러로 알고 있기에 자연스럽게 꺼낸 말이었다. 보통 원거리딜러와 서포터가 듀오라면 미드라이너와 정글러가 또 듀오를 이루기 때문이다.

한수도 그 손을 맞잡았다.

그때 출연자들이 모두 도착하자 이명태 피디가 들어왔다.

"다들 오셨네요. 반갑습니다. 이번 이벤트 매치를 맡게 된 피디 이명태입니다. OZN 히어로즈 오브 레전드 리그 연출도 함께하고 있습니다. 공식 리그가 없는 매주 월요일과 토요일에 한 차례씩 여러분과 함께 이곳에서 함께 연습하고자 합니다."

"이벤트 매치에 참가하는 선수들은 누군가요?"

"현재 각 소속팀과 조율하고 있습니다만 최고의 선수들로 선발할 예정입니다. 조만간 있을 올스타에 출전할 멤버들이 이벤트 매치에 참가할 가능성이 매우 높습니다."

히어로즈 오브 레전드 올스타 매치.

그건 매년 홀드컵을 앞두고 벌리는 일종의 이벤트전으로 각 리그에서 뽑힌 최고의 선수들이 한자리에 모여 실력을 겨루는 대회다.

그 홀스타전에 출전할 선수들과 함께 이벤트 매치를 한다는 건 이들에게도 꽤 감격스러운 일이 될 게 분명했다.

이명태 피디가 웃으며 말했다.

"저는 여러분들이 모두 잘해주시리라 믿습니다. 그래서 앞으로 한 달 정도 특훈을 하려 하는 것이고요. 어느 정도 호흡은 맞춰야 할 테니까요."

"근데 저희 다섯 명이 있긴 하지만…… 누구하고 연습을 하죠?"

"프로팀에서 도와주기로 했습니다. 지금 순위표를 기준으로 해서 모두 다섯 번 경기를 치른 다음 1승으로 따낸다면 그 바로 위 순위에 있는 프로팀과 경기를 할 수 있는 권한이 주어집니다."

이명태 피디가 간략하게 설명했다.

그 의미는 모두 10팀으로 이루어진 이번 리그의 프로팀이 그들의 연습을 도와줄 것이라는 의미였다. 그리고 5번 경기를 해서 1승이라도 따낸다면 10위 팀이 아니라 9위 팀이 그들의 상대가 될 것이라는 이야기였다.

그러다가 어쩌면 1위팀인 SBV하고도 연습을 할 수 있게 될지도 몰랐다.

김찬은 내심 엠페러와 라인전을 하게 될지도 모른다는 생각에 심장이 두근거렸다.

"그러면 포지션대로 자리에 앉은 다음 바로 연습 들어갈게요. 일단 다들 처음 만난 사이는 아니어도 이렇게 모여서 게임하는 건 처음이니까 일반게임으로 해서 5인 파티로 몇 차례 돌리겠습니다."

"예, 알겠습니다."

그리고 조연출 한 명이 자리를 지정해주기 시작했다.

탑 라이너 양훈, 다이아몬드 2티어.

원거리 딜러 신태훈, 다이아몬드 4티어.

서포터 이승준, 플래티넘 1티어.

생각보다 꽤 쟁쟁한 실력자들이 모였다. 그리고 김찬이 중앙에 앉으려 할 때였다. 조연출이 당황해하며 말했다.

"저 죄송한데……."

"예? 무슨 일이에요?"

"김찬 씨는 정글러이신데요?"

"네? 제가요? 저는 미드라이너인데요?"

김찬이 당황한 얼굴로 조연출을 쳐다봤다. 가만히 두 사람 이야기를 듣던 한수가 정글러 자리에 앉으려 할 때였다.

이명태 피디가 다급히 달려왔다. 그가 김찬을 보며 말했다.

"김찬 씨, 미안한데 미드라이너는 강한수 씨가 맡을 겁니다."

"예? 강한수 씨가요?"

김찬이 미덥지 않은 표정으로 한수를 처다봤다.

그런데 메인 피디가 하는 말에 이 이상 딴지를 걸 수도 없는 노릇이었다.

괜히 밉보일 수는 없었다. 결국, 김찬이 불만 어린 얼굴로 정 글러 자리에 앉았다.

한수가 중앙에 놓인 의자에 앉았다.

그리고 그들 모두 히어로즈 오브 레전드에 접속하기 시작했 다.

PC방 앞은 아까 전에 비해 조금 한산해진 상태였다.

PC방 출입은 OZN 스태프들에 의해 막혀 있었기 때문에 연 예인들을 보고 싶어도 그럴 수가 없었다.

그런 탓에 아까 전만 해도 드글드글하던 팬들은 모두 자리 를 떠난 상태였다.

그 와중에 PC방에 일단의 무리가 도착했다.

오늘은 쉬는 날이었다. 그런데도 이곳까지 온 건 지금 히어 로즈 오브 레전드 리그에서 강등권에 놓여 있는 꼴찌팀 「ACE」 였다.

PC방에 도착한 뒤 선수들은 키보드와 마우스 등 각자 장비를 챙겼다.

"오늘은 연예인들하고 함께 촬영할 거야. 다들 긴장하지 말고. 평소 스크림하는 것처럼 해. 알았어?"

"예!"

"다들 한 경기라도 지면 가만 안 둔다. 알았어? 너네들은 프로야. 아마추어한테 져서 쪽팔릴 일 만들지 말라고."

"예, 감독님!"

그들 모두 투지를 불태웠다. 상대는 연예인들이다.

티어가 그렇게 높지 않은 것으로 알고 있다.

대부분 다이아몬드라고 들었다. 그들에게 패배한다는 건 말이 안 되는 일이다. 그리고 그들은 PC방 안에 입성했다.

한창 PC방에 앉아 게임에 열중하고 있는 다섯 명이 보였다.

"와, V.I.P다."

"어? 강한수 맞지? 대박."

"근데 자리로 보면 강한수가 미드라이너인가 본데?"

"게임도 잘하나 봐."

선수들 모두 수군거리며 PC방 안에 들어온 뒤 빈 자리에 앉았다.

그들은 한창 5인랭을 하고 있는 듯했다. 그리고 경기는 그들이 일방적으로 압살하고 있었다. 특히 미드라이너인 강한수의 활약이 눈부셨다.

11킬 0데스 7어시스트.

경기가 25분밖에 안 지난 걸 감안하면 지금 강한수의 킬, 어시스트는 말이 안 되는 것이었다.

팀 「ACE」 멤버들은 슬그머니 그들 뒤로 자리를 옮겨서 게임을 관전했다.

그때였다. 개중 한 명이 한수의 아이디를 확인했다.

Hans.

그리고 그가 눈을 휘둥그레 떴다.

"서, 설마……."

팀 「ACE」 멤버들이 오기 전까지만 해도 김찬은 여전히 못마땅한 표정을 짓고 있었다.

자신의 주포지션을 빼앗겼다는 것 때문이었다.

그런 탓에 그는 여전히 불편한 표정을 짓고 있는 중이었다.

히어로즈 오브 레전드에 접속한 뒤 김찬은 친구 추가가 되어 있는 양훈에게 먼저 일대일 대화를 걸었다.

-야, 왜 강한수가 미드야?

-글쎄요. 그래도 꽤 잘하는 거 아닐까요?

-순전히 인지도 빨 아니야?

-설마요. 그러면 제작진도 욕먹을 텐데요?

-아, 됐다. 카메라 들어온다. 나중에 대화하자.

카메라가 참가자들의 화면을 줌인하기 시작하자 그는 채팅 창을 닫았다. 그리고 일단 그들은 OZN 대화방에 모였다.

하나둘 대화방에 입장하기 시작했다.

김찬도 뒤늦게 공식 대화방에 들어왔다. 그리고 그는 한수를 찾았다. 그때 눈에 익은 아이디가 보였다.

평소 일이 없으면 종종 트위치TV를 보며 시간을 떼우는 그에게 유독 관심이 가는 아이디였다.

왜냐하면, 미드라이너인 그에게 Hans가 하는 방송은 대단히 유익했기 때문이다.

무엇보다 어떻게 하면 저런 플레이가 가능한지 종종 탄성을 불러일으킬 때도 있었다.

가만히 대화방을 보던 김찬이 고개를 갸웃거렸다. 이 대화방은 이번 이벤트 매치 참가자만 알고 있는 대화방이었다.

그런데 그가 어떻게 여기 들어와 있는지 이해가 안 갔다.

그때 승준이 놀란 얼굴로 한수를 쳐다보며 물었다.

"한수 형, 형 챌린저예요?"

"어."

한수는 감흥 없는 얼굴로 대꾸했다. 그러나 승준의 반응은 정반대였다. 그가 믿을 수 없다는 얼굴로 한수를 쳐다봤다.

"와, 내 친구목록에 챌린저가 있다니……."

V.I.P 신태훈과 블루블랙 양훈도 크게 놀란 듯했다.

뒤늦게 상황을 파악한 김찬이 입을 쩍 벌렸다. 그가 옆에 앉아 있는 한수를 보며 조심스럽게 물었다.

"……트위치TV에서 방송하지 않으세요?"

"아, 예. 맞아요. 가끔 심심할 때면 종종 방송 켜곤 했어요. 다리를 다쳐서 몇 주 외출을 못 했거든요."

"……그, 에, 엠페러 선수하고 미드 라인전 하셨던 것도 맞죠?"

"예. 그 이후에도 종종 몇 번 만나곤 했어요. 같은 팀으로 뛴 적도 있는데 엠페러 선수, 서포터는 진짜 못하더라고요. 트롤해서 꽁패한 적도 있거든요."

한수가 머리를 절레절레 저었다.

엠페러.

그는 타고난 미드라이너였다. 정글러나 원거리딜러도 꽤 잘했지만 서포터는 최악이었다.

"……열심히 제가 미드만 파겠습니다!"

김찬은 더 이상 딴지를 걸 수 없었다.

한편 팀 「ACE」 멤버들은 연예인 팀을 만만하게 생각하고 온 게 사실이었다.

어차피 다이아몬드나 플래티넘이 전부인 만큼 크게 걱정하지 않고 있었다.

그러나 막상 PC방에 온 뒤 상대를 알게 되자 불안감이 엄습했다. 특히 상대 팀 미드라이너가 Hans라는 게 마음에 걸렸다.

팀 「ACE」 원거리딜러가 같은 팀 미드라이너를 보며 물었다.

"야, 너 괜찮겠냐?"

"……괘, 괜찮을 거야."

팀 「ACE」 미드라이너는 마스터 티어였다.

그래도 10위 팀 미드라이너치고는 팀을 혼자서 캐리한다고 소년가장이라는 이야기를 들은 적도 많았다.

그렇지만 상대는 Hans였다.

챌린저 2위.

세계 최고의 미드라이너인 엠페러를 상대로도 좀처럼 밀리지 않은 실력자. 그를 상대로 자신이 얼마나 우위를 점할 수 있을지 우려가 됐다.

연예인 팀은 5인 랭크를 28분 만에 마무리 지었다.

이번에도 압도적인 승리였다.

팀 「ACE」 멤버들이 한숨을 내쉬었다. 그러나 저 급조된 팀에 질 수는 없는 일이었다. 그래도 그들은 프로였기 때문이다.

'강한수 한 명만 파자.'

'강한수만 말리게 하면 나머진 문제없어. 다 다이아라고.'

팀 「ACE」 멤버들이 서로를 보며 눈빛을 교환했다.

그리고 연예인 팀과 팀 「ACE」 간에 첫 번째 비공식전이 이루어졌다.

이번 이벤트 매치를 기획했고 연출하고 있는 이명태 피디는 연신 싱글벙글해하고 있었다.

처음 강한수가 출연하고 싶다고 했을 때만 해도 걱정이 있었다. 혹시 그가 골드나 실버, 아니, 브론즈이면 어떻게 해야 하나?

그런데도 그를 섭외해야 하나? 섭외하면 시청자들한테 엄청 욕만 먹는 거 아닌가? 그래도 최소한 어느 정도 홀스타 팀에 맞서 대등하게 싸우는 실력을 보여줘야 하지 않을까?

여러 가지 걱정거리가 많았다.

하지만 한수가 트위치TV 스트리머이며 챌린저이기도 한 Hans임을 안 순간 그는 이번 이벤트 매치가 대박이 되리라는 걸 믿어 의심치 않았다.

단 일말의 걱정거리도 없었다. 무려 챌린저였다.

SBV, KV 등 국내 다수의 내로라하는 팀이 영입하고 싶어 하는 아마추어이기도 했다.

실제로 KV에서는 그의 활약 여부를 놓고 주전 자리까지 약속하겠다고 공언한 상태였다.

그런 한수라면 다른 연예인들과 달리 프로 선수들을 상대로도 최고의 활약을 펼쳐 보여줄 게 분명했다.

남은 건 연습뿐이었다.

적어도 팀으로 어느 정도 구색만 갖춘다면 홀스타 멤버들을 상대로 승리를 거머쥐는 것도 기대해볼 만한 그림이었다.

그러는 사이 연예인 팀과 팀 「ACE」 간의 대결이 준비되기 시작했다.

옵저버 역할을 하게 될 스태프 한 명이 비공개방을 팠고 선수들이 하나둘 입장했다.

개중에서 유독 눈에 띄는 건 역시 챌린저인 Hans, 강한수였다.

팀 「ACE」의 미드라이너도 적지 않게 긴장한 듯 보였다.

그럴 수밖에 없었다. Hans는 지금 솔로랭크에서 극강의 승률을 자랑하고 있었기 때문이다.

버스를 타는 게 아니었다.

개인의 실력으로 끌어올린 점수였다. 인간승리라고 할 수 있었다.

"피디님, 왜 그렇게 싱글벙글이세요?"

"너라면 싱글벙글 안 하겠냐?"

조연출이 웃으며 말했다.

"당연히 싱글벙글해야죠. 그러고 보니까 강한수 씨가 진짜 대단하긴 대단하네요."

"뭐가?"

"예전에 황금사단하고 몇 번 일해 본 경험이 있는데요. 그때 가 「무엇이든 만들어드려요」 촬영할 때였거든요."

"아, 그거? 시청률 엄청 잘 나오긴 했지."

「싱 앤 트립」이 곧장 갈아치우긴 했지만 「무엇이든 만들어드려요」는 케이블TV에서 방영한 예능 프로그램이라고는 믿을 수 없을 만큼 높은 시청률을 기록했었다.

그 이후에도 줄곧 한수를 찾는 시청자들이 많았고 그가 오 너쉐프 혹은 헤드쉐프로 일하는 레스토랑에 가서 직접 요리를 먹어보고 싶다고 하는 사람들도 적지 않았다.

세상에 존재하는 모든 요리를 전부 다 만들어낼 수 있는 요리사.

그 설명만으로도 엄청나게 근사했기 때문이다.

물론 한수는 그 이후 요리 프로그램은 출연하지 않고 있었지만, 또 황금사단과 프로그램을 함께 촬영할지도 모를 일이었다.

"근데 「무엇이든 만들어드려요」가 왜?"

"그때 한수 씨가 실제로 요리하는 걸 본 적이 있었는데 장난 아니더라고요. 진짜 그 자리에서 뚝딱 요리를 만들어내는데…… 다들 얼마나 놀랐는지 몰라요."

"흠, 어느 정도 연출이 섞여 있는 거 아니었어?"

"아니요. 진짜 100% 리얼이었어요. 지금도 전 그때 그게 믿기지 않아요. 솔직히 그게 말이 안 되는 일이잖아요. 사람이 어떻게 그렇게 많은 레시피를 다 기억을 해요. 괜히 프랑스 요리 전문점, 이탈리아 요리 전문점 이렇게 나뉘는 게 아닌 건데 진짜 신기하더라고요."

이명태 피디가 고개를 끄덕였다.

"나도 지금 저 사람 보니까 신기하긴 하다. 손대는 것마다 다 잘하잖아. 못하는 게 없어."

"그건 아닐걸요?"

"응? 강한수가 못하는 게 있어?"

"예, 연기요."

"……아, 그 소문은 나도 들었지."

어떤 감독이 강한수를 섭외하고 싶다고 강력하게 요청해서 오디션을 보러 갔지만 강한수가 보여준 발연기 때문에 혈압이 올라서 응급차에 실려 갔다는 전설적인 이야기.

그 이후 강한수한테 연기해 볼 생각 없냐고 물어보는 사람은 사실상 아예 없어진 뒤였다.

한편 두 사람이 노가리를 까고 있을 무렵 팀 「ACE」 멤버들이 비공개방에 하나둘 들어왔다.

그리고 얼마 지나지 않아 첫 번째 매치가 시작됐다.

게임이 시작하자 팽팽한 가운데 각 팀 라이너들끼리 CS를 수급하면서 딜을 교환했다.

탑, 미드, 바텀 등 세 곳에서 교전이 이루어졌지만, 사람들의 관심이 쏠린 지역은 누가 뭐라 해도 역시 미드라인이었다.

팀 「ACE」의 미드라이너와 연예인팀의 강한수.

둘 중 누가 라인전에서 이득을 보게 될지 다들 궁금해하고 있었다. 그리고 강한수가 2렙을 먼저 찍은 뒤 맹렬하게 딜을 퍼붓기 시작했다.

팀 「ACE」 미드라이너가 적지 않게 당황하는 게 보였다.

그리고 몇 분 뒤.

"······미친."

"대박."

OZN 스태프들이 다들 눈을 휘둥그레 떴다. 팀 「ACE」 감독이 머리를 감싸 쥐었다. 그는 한숨을 내쉬며 모니터 화면을 바라봤다.

아군 미드라이너의 모니터 화면이 흑백으로 물들어 있었다.

0 / 1 / 0.

반면에 상대 팀 미드라이너 강한수의 스코어는 1 / 0 / 0이었다.

그밖에 다른 연예인은 0 / 0 / 0 이었다.

그랬다. 라인전에서 솔로킬이 나온 것이었다.

팀 「ACE」는 첫 번째 경기 이후 무기력한 얼굴로 돌아가야 했다.

그들의 단단한 정신적 지주이자 핵심 역할을 맡고 있는 미드라이너가 라인전에서 솔로킬을 당한 건 너무나도 뼈아팠다.

그 이후 팀 「ACE」의 미드라이너는 이렇다 할 기회를 잡지 못했고 CS 개수가 30개 이상으로 벌어지며 사실상 라인전은 끝이 나버렸다.

그리고 미드에서 터진 게 위아래로 흘러내리며 게임은 연예인 팀이 27분 만에 승리를 거머쥐며 끝이 났다.

이번 이벤트 매치를 기획한 이명태 피디도 전혀 예상하지 못한 상황이었다. 경기가 끝난 뒤 대책회의가 마련됐다.

연예인들이 자유롭게 쉬는 동안 그들은 서로를 보며 말했다.

"어떻게 하죠?"

"팀 「ACE」 말고 9위 팀은 아직 요청도 못 넣었는데……."

"어떻게 하긴. 지금 당장 감독님한테 전화 걸어서 섭외 요청 부탁드려. 쉬는 날에 죄송한데 꼭 한번 나와 주셨으면 좋겠다고. 알았어?"

"예. 알겠습니다, 감독님."

"그리고 너는 섭외되는 동안 출연자들 솔로랭크 돌리든 쉬든 마음껏 하라고 하고."

"예."

"촬영은 잠깐 끊고 가자."

생각지 못한 일이었다.

이명태 피디 입장에서는 팀 「ACE」가 못해도 두 시간에서 세 시간 정도, 그러니까 4~5경기는 연습을 함께 하며 촬영 시간을 확보해 줄 것이라고 생각하고 있었다.

이번 촬영 영상은 당일 편집한 다음 바로 다음 날 유튜브를 통해 업로드될 예정이었고 분량을 뽑아내려면 못해도 4경기에서 5경기 정도는 연습을 뛸 필요가 있었다.

사실 그보다 4경기에서 5경기 정도 해야 하는 이유는 처음에만 해도 프로팀을 상대로 고전하는 모습을 보여주다가 조금씩 성장하는 모습을 통해 그들이 홀스타 팀을 상대로도 어쩌면 승리할 수 있겠다는 그런 동기부여를 심어주고 싶었다.

하지만 이건 초장부터 완전 망해 버렸다.

그건 다 한수 때문이었다. 한수가 기대 이상의 활약을 보이면서 상황이 꼬여버린 셈이다.

그때였다. 이명태 피디 휴대폰이 거세게 울려댔다.

그가 전화를 확인했다.

9위 팀 감독인 줄 알았는데 정작 전화를 건 건 KV팀 감독 이성준이었다.

"이 감독님, 무슨 일이에요?"

-피디님! 팀 「ACE」 감독님한테 이야기 들었는데요. 지금 Hans가 촬영 중이라던데 사실이에요?

이명태 피디가 그 말에 머리를 긁적였다.

"사실이긴 한데……."

-그분 한번 만나 뵐 수 있을까요?

Hans를 데려오기 위해 잔뜩 몸이 달아오른 KV팀 감독이었다.

"에, 그게……."

-근데 Hans, 그 사람 도대체 누구예요? 이번 이벤트 매치 때 연예인 팀으로 참가했다면서요. 설마 진짜 연예인이에요?

머뭇거리던 이명태 피디가 입술을 떼었다.

"그게…… 음."

-아, 궁금하게 하지 말고 제발요. 저희가 이번에 미드라이너 새로 구하는 거 아시잖아요. 진짜 급하다니까요.

이명태 피디도 왜 이성준 감독이 저렇게 몸이 달아올라 있는지 알고 있었다.

KV팀 주전 미드라이너는 이글(Eagle) 유연호다. 그의 실력은 엠페러와 비교해도 크게 뒤처지지 않는다는 평가를 받고 있었다.

오히려 유일하게 엠페러를 꺾을 수 있는 2인자라는 평가를 받고 있기도 했다. 그러나 그는 고질적인 허리 통증을 안고 있었다.

서머 시즌 초만 해도 그 문제점은 두드러지지 않았지만, 시즌이 중반으로 가면 갈수록 이글 유연호는 허리 통증 때문에 경기에 제대로 집중하지 못하는 경우가 많았고 상위팀과의 경기에서 패배할 때를 보면 그 허리 통증이 문제가 되는 경우가 잦았다.

이명태 피디는 강한수가 KV팀 미드라이너가 되어 경기에 뛰는 모습을 그려봤다.

'그림은 되겠네.'

강한수는 연예인이다. 게다가 그동안 꾸준히 받은 카메라 마사지 덕분에 외모도 한결 훤칠해졌다.

거기에 프로 축구 선수로 뛰면서 몸을 다부지게 만든 덕분에 몸매 하나는 크리스티아누 호날두 못지않을 정도다.

게다가 떡 벌어진 어깨에 근육질 몸매 때문에 지금도 여자 스태프들은 틈만 나면 한수를 힐끔거리고 있었다.

만약 KV팀이 강한수를 영입할 수 있다면 홀드컵 우승도 불가능한 일은 아닐 터였다.

　객관적으로 봤을 때 강한수의 실력은 엠페러 못지않다고 생각하고 있었기 때문이다.

　"음, 연락처 알려드릴게요. 한번 연락해 보세요."

　-정말이죠?

　"그 전에 연락처 알려줘도 되는지 의사부터 물어보고요. 아니면 지금 그냥 바꿔드릴까요?"

　-저야 그래 주신다면 고맙죠.

　"잠시만요."

　여전히 조연출은 9위 팀 감독과 통화 중인 듯했다.

　이명태 피디는 잡담을 나누고 있는 연예인들에게 다가갔다. 그리고 그가 의자에 앉아 있던 강한수를 보며 물었다.

　"한수 씨, 지금 통화 가능해요?"

　"예? 누군데요?"

　"이성준 감독이라고 알려나 모르겠네요."

　"아, KV팀 감독님 맞으시죠?"

　"예. 이 감독이 지금 몸이 달아올랐나 봐요. 아마 팀 「ACE」 감독이 넌지시 귀띔을 했나 봐요. 혹은 이성준 감독이 먼저 팀 「ACE」 감독한테 연락했을 수도 있고요. 어쨌든 그건 중요치 않고 이성준 감독이 한수 씨를 미드라이너로 영입하고 싶어 하는 것 같아요. 그래서 지금 전화 기다리고 있어요."

"흠."

한수가 고민에 잠겼다.

그때 옆에 있던 어벤저스(Avengers) 팀 멤버들이 눈을 휘둥그레 떴다.

"뭐야? 지금 프로팀에서 제의 온 거야?"

"저번부터 제의 왔었을걸? 그때 연습생으로 입단하는 거 어떻겠냐고 연락 온 적 있었거든."

"어떻게 알아요?"

"트위치TV 방송 도중 KV팀 감독이 친구 추가한 게 보여서 다들 눈치챘지. 근데 피디님한테 전화까지 할 줄은 몰랐네."

"와…… 그럼 프로가 될 수도 있는 거네요?"

"그렇지. 거기에 어중간한 팀도 아니고…… KV팀 프로로 뛸 수도 있게 되는 거지."

"그럼 홀드컵에서도 뛸 수 있을까요?"

가만히 그들 이야기를 듣던 작가 한 명이 말했다.

"불가능한 건 아니에요. 규정상 문제는 없거든요. 다만 한수 씨가 이글 선수를 실력으로 누를 수 있느냐는 지켜봐야 할 문제죠."

"와, 대박."

"대박이네."

"홀드컵 상금만 해도 얼마야. 거기에 스킨까지 만들어주 잖아."

"……한수 형이 이미 벌어둔 돈이 얼만데 그걸 탐내겠냐? 그 래도 홀드컵에서 뛸 수 있다면 한 번은 뛰어보고 싶긴 하겠다."

"나도."

"저도요."

다들 고개를 끄덕였다.

홀드컵, 달리는 히어로즈 오브 레전드 월드 챔피언쉽(Heroes Of Legend World Championship)이라고 불리는 대회.

지역별로 최고의 팀을 선발한 다음 그 팀 중 최고의 팀을 가 리는 대회다.

매년 가을에 주기적으로 열리며 1회에 유럽, 2회에 동남아 시아가 우승컵을 차지한 이후 3회부터는 대한민국에서 계속 홀드컵 우승을 놓치지 않고 있었다.

개중에서 진성전자가 1회 우승을 차지한 걸 빼면 SBV가 5회 우승, 4회 연속 우승이라는 엄청난 위업을 달성한 바 있었다.

또한 그 중심에는 SBV와 SBV의 에이스 엠페러가 있었다.

KV가 새로운 미드라이너를 영입하고 싶어 하는 것도 궁극 적으로는 홀드컵 우승을 위함이었다.

여태껏 KV는 준우승만 여러 번 했을 뿐 공식 대회에서 우 승한 적은 단 한 번도 없었기 때문이다.

"좋아요. 한번 받아볼게요."

고심 끝에 한수가 휴대폰을 받았다.

이명태 피디는 호기심 가득한 얼굴로 어떤 대화를 나눌지 지켜보기 시작했다.

"여보세요. 전화 받았습니다."

이성준 감독은 침을 꿀꺽 삼켰다. 반대편에서 들리는 목소리는 생각보다 앳되었다.

이십 대 초반으로 짐작이 되었다. 무엇보다 가장 중요한 사실은 외국인이 아니라는 점이었다.

그의 소환사 명 때문에 간혹 그가 외국인이 아닌가 하는 의구심이 있었는데 그건 말끔히 해소된 것이었다.

"아, 안녕하세요. KV팀 이성준 감독입니다. 이번에 Hans씨가 OZN에서 하는 방송에 출연하게 됐다는 이야기를 들어서요."

-예, 맞습니다. 무슨 일이시죠?

"지난번에도 말씀드렸지만, 저희 KV팀에 입단하실 생각은 없으신가 해서요. 그것 때문에 연락드렸습니다."

-KV팀에는 이글 선수가 있지 않나요?

"예. 연호, 참 잘하죠. 근데 연호가 고질적으로 앓던 허리 부상이 재발해서요. 그래서 향후 대회에 계속 출전할 수 있을지 알 수 없는 상황입니다."

한수는 그 말에 한숨을 내쉬었다. 이성준 감독의 이야기는 이해가 갔다. 지금 랭크 게임에서 상위권에 있는 챌린저 대부분은 프로 선수들이고 아니면 그 프로 선수가 쓰는 부계정이다.

그렇다 보니 진짜 실력 좋은 아마추어를 구하는 게 여러모로 어려울 수밖에 없다.

이성준 감독이 지금 강한수를 탐내는 것도 그런 이유에서다.

-입단 테스트라도 한번 받아보시면 어떻겠습니까? 만약 주전 멤버로 발탁이 된다면 최고의 대우를 약속드리겠습니다.

곧 있으면 서머 시즌이 끝난다. 그 이후 포스트시즌이 있고 포스트시즌을 치른 다음 3위 안에 들어가지 못할 경우 홀드컵 선발전을 치러서 4위에 들어야만 한다.

현재 대한민국에 주어지는 티켓은 4장이기 때문이다.

"생각 좀 해보고 연락드리겠습니다."

-아, 그럼 연락처 좀 알려주실 수 있겠습니까? 제가 바로 전화 드리겠습니다.

한수는 이성준 감독에게 연락처를 불러줬다. 메모지에 이름을 적던 이성준 감독이 물었다.

"성함이 어떻게 되시죠?"

-강한수입니다.

"강한…… 자, 잠시만요. 설마 제가 아는 그 강한수 씨가 맞으십니까? 맨체스터 시티에서 선수로 뛴 적이 있는……"

-예, 맞습니다.

이성준 감독은 그 말에 침을 꿀꺽 삼켰다. 데려오고 싶은 선수에서 이제는 무조건 데려와야 하는 선수가 되어 버렸다.

현재 국내 최고의 선수는 엠페러다. 그건 부인할 수 없는 사실이다. 또한, SBV팀이 최고의 인기를 누리게 해주는 것도 바로 엠페러다.

그런데 여기서 KV팀이 만약 강한수를 영입할 수 있다면?

그리고 진짜 그의 실력이 엠페러에 버금가는 수준이라면?

KV팀의 인기도 SBV팀 못지않게 치솟아오를 것이 분명했다.

현재 강한수는 전 세계적으로 그 인지도가 어마어마했기 때문이다.

강한수와 통화를 끝낸 뒤 이성준 감독은 곧장 포트폴리오를 준비하기 시작했다.

어떻게 해서든 KV 히오레 팀 사장을 비롯한 임원들을 설득해야만 했다.

이승준의 제안에 붙여진 어벤저스 팀은 한동안 쉬고 있다가 자체적으로 솔로랭크를 돌리기 시작했다.

한수도 솔로랭크를 돌렸다.

그럴 때마다 번번이 프로 선수들과 매칭이 되기 시작했다.

"형은 매번 프로하고 게임하는 거예요?"

"그런 셈이지."

이제는 으레 겪는 일이었다. 한수는 대수롭지 않다는 얼굴로 말했다.

"상대 선수가…… 블러드네요?"

상대 미드라이너 소환사 아이디는 Jinsung Blood였다.

진성전자의 주전 미드라이너 블러드.

그 역시 이글과 더불어 엠페러에 견줘볼 수 있는 미드라이너로 평가받고 있었다.

"진짜 자주 만나는 편이야. 완전 연습벌레더라고."

한수는 고개를 절레절레 저었다. 엠페러도 연습벌레였지만 블러드는 그보다 더 심했다. 솔로랭크를 돌리다 보면 심심찮게 만나곤 했다.

승준은 자신이 하던 게임이 끝나자마자 한수 뒤에 달라붙었다.

서로 간의 스킬샷은 피하면서 어떻게든 조금이라도 피해를 누적시키는 플레이가 눈에 들어왔다.

정교한 스킬샷과 현란한 무빙을 보며 승준이 고개를 절레절레 저었다.

"형 분명 게임 잘 못 한다고 하지 않았어요?"

"내가 그랬나?"

"예전에 「하루 세끼」 촬영할 때만 해도 그러셨는데……."

"뭐, 열심히 게임만 하다 보니까 잘되더라고. 하하."

그러는 사이 게임이 끝났다. 미드에서의 라인전은 팽팽했지만 바텀에서 상대 바텀에게 터지면서 패배로 끝이 나버렸다.

그래도 한수의 활약은 눈부셨다. 7킬 2데스 6어시스트.

그를 보는 승준의 눈동자에 존경과 흠모의 빛이 어렸다.

한수가 그런 승준을 보며 어색하게 웃었다.

"인마. 니 게임이나 해. 그만 보고. 부담돼서 집중이 안 되잖아."

"……그런 사람이 저렇게 잘해요? 그것도 블러드를 상대로?"

"결국 졌잖아."

그때였다. 친구 추가가 또 왔다.

습관적으로 한수가 친구 추가를 무시하려 할 때였다.

"어? 블러드 선수가 친구 추가했는데요?"

"응?"

한수가 눈을 휘둥그레 떴다.

진짜였다. 블러드, 그가 직접 친구 추가를 해온 것이었다.

한수가 친구 추가를 수락했다. 얼마 지나지 않아 채팅이 왔다.

-안녕하세요, Hans님.

-예, 안녕하세요. 블러드 선수.

-평소 자주 만나다 보니 관심이 생겨서요.

-예? 무슨 관심요?

-엠페러 선수하고도 라인전 하신 건 알고 있어서 아닌 건 아는데 혹시 엠페러 선수 부계정이신가요?

-……아닙니다.

-플레이하는 게 엠페러 선수하고 흡사하셔서요.

한수가 그 말에 멋쩍게 웃었다.

그가 OZN 채널을 확보한 뒤 제일 많은 경험과 지식을 흡수한 건 바로 엠페러였다.

그가 정점이었기 때문이다. 그런데 그게 프로 선수들에게는 꽤 많이 티가 나는 모양이었다.

-잠시만요. 감독님께서 Hans 님하고 대화하고 싶어 하시는데 괜찮으신가요?

-문제없습니다.

얼마 지나지 않아 채팅이 재차 올라왔다.

-안녕하십니까? 진성전자 히오레 팀 감독 서우현입니다. 하나 여쭤보고 싶은 게 있는데 혹시 KV팀에 입단하실 예정이신가요?

한수는 서우현 감독의 질문에 고개를 절레절레 저었다.
어느새 소문이 저기까지 퍼진 모양이었다.

-아직 고려 중입니다.
-알겠습니다. 그런 이야기를 전해 들어서요. 저흰 아직도 Hans씨가 입단 테스트를 한번 받아봤으면 하는 바람입니다. 가능하시면 저한테나 혹은 진석이한테 연락 부탁드립니다.
-알겠습니다, 수고하세요.

한수는 채팅창을 닫았다.
그 모습을 보던 이승준이 눈을 반짝반짝 빛냈다.
"……형 대단해요."
"대단하긴. 그보다 방송은 계속하는 건가?"
"어떤 분 덕분에 팀 「ACE」를 너무 손쉽게 꺾어서 그렇죠. 하하. 원래대로였으면 오늘 아마 팀 「ACE」하고 주야장천 게임하면서 실력 쌓는 게 목표였을걸요?"

"그랬겠지."

그리고 몇 분 지나지 않아서였다.

9위 팀 타이탄스(Titans)가 최대한 빨리 오겠다고 연락을 해왔다.

"아무래도 오늘 저녁까지는 촬영하겠네요."

한수가 어깨를 으쓱하며 물었다.

"왜? 촬영 빨리 끝내줄까?"

자신감이 잔뜩 묻어나는 목소리였다.

CHAPTER
6

"다들 수고하셨습니다."

"수고하셨습니다."

"고생 많이 하셨습니다."

사람들이 저마다 인사를 나눴다. 한수도 사람들과 인사를 주고받았다. 오전 열 시부터 시작됐던 촬영은 저녁 무렵이 되어야 끝이 났다.

오늘 촬영본은 빠르면 내일 오후 유튜브에 영상이 업로드될 예정이었다.

그러나 업로드되는 건 경기 장면뿐이었다. 누가 출연할지는 알려지지 않을 예정이었다.

그들의 소환사 명 역시 마찬가지였다. 메인 이벤트전이 있을 때까지 비공개로 숨겨두기로 했기 때문이다.

메인 이벤트전은 서머 리그가 끝나고 포스트시즌 및 홀드 컵 선발전이 모두 다 끝난 다음 진행될 예정이었다.

선수들의 부담을 덜기 위해서였다.

그동안 어벤저스 팀원들은 주기적으로 모여 연습을 할 예정 이었다.

촬영이 끝난 뒤 9위 팀, 타이탄스(Titans)의 감독은 강한수를 보며 혀를 내둘렀다.

팀 「ACE」 감독 말은 사실이었다. 이벤트 매치 때문에 끌어모 은 연예인 팀이기에 처음에는 우습게 봤다고 했다.

그러다가 첫 경기에 패배하며 망신살이 뻗쳤는데 그럴 만한 이유가 있었다.

타이탄스도 방심했다면 첫 경기부터 패배했을지도 몰랐다.

그나마 팀 「ACE」 감독한테 이야기를 듣고 선수들을 단단히 독려해 뒀기에 망정이었다.

'탐이 나긴 하는데……'

타이탄스 감독은 아쉬운 얼굴로 강한수를 쳐다봤다.

정말 뛰어난 재목이었다.

여태껏 그가 본 최고의 선수는 엠페러 이신혁이었다.

파파미라는 말이 있다. 파도 파도 미담만 나온다는 이야기 다. 이신혁은 그런 선수였다. 스스로 인터뷰에서도 자신은 프로게이머의 모범이 되고 싶고 앞으로 프로게이머가 되려 하는 지망생의 롤모델이 되려 한다고 했다.

강한수는 그 이신혁을 떠올리게끔 했다.

파파미는 아니지만, 그는 이신혁 못지않은 인지도를 갖고 있었다.

어떤 팀이든 그를 영입하게 된다면 그 이상의 효과를 거둘 수 있을 게 분명했다.

KV팀의 이성준 감독이 그를 탐내는 이유를 알 법했다.

"……우리 팀에는 오려 안 하겠지."

타이탄스 감독은 아쉬운 눈빛으로 한수를 바라보다가 발걸음을 돌렸다.

이제 강등전을 피하기 위해 다시 연습에 매진할 시간이었다.

KV 히오레 팀에 비상회의가 열렸다. 이성준 감독의 요구사항 때문이었다.

KV 히오레 팀 사장을 비롯한 임원들이 모였다.

히어로즈 오브 레전드는 점점 더 인기몰이 중이었고 세계적으로도 크게 흥행 중이었다. SBV나 KV 같은 통신사는 상대적으로 그 수혜를 덜 받고 있긴 했지만, 진성전자 같은 경우는 히오레 팀이 연관 검색어로 자주 뜰 만큼 인지도를 높이고 있었으며 그들이 만드는 컴퓨터, 노트북 등도 판매량이 부쩍 늘어난 상태였다.

"그러니까 그 강한수 씨가 챌린저라는 이야기입니까?"

"예, 그렇습니다."

"챌린저라는 게…… 뭡니까?"

이성준 감독은 머리를 절레절레 저었다. 시대는 빠르게 변하고 있지만, 윗사람은 여전했다.

게임에 대해 하나도 알지 못하는 임원을 사장으로 앉히고 실적만 요구한다. 그러나 이성준 감독이 이렇다 할 요구를 제대로 못 하는 건 공식전에서 우승한 적이 한 번도 없어서였다.

준우승만 벌써 여러 차례.

윗선에서도 이쯤이면 우승할 때가 되지 않았냐고 압박이 들어오고 있었다.

그래서 재작년 정글러를 뺀 선수 네 명을 새로 영입하며 아예 물갈이를 해버렸지만, 여전히 팀 성적은 준우승에 그치고 있었다.

숙명의 라이벌 SBV 때문이었다.

임원들이 지속적으로 압박하는 것도 통신사 라이벌이라고 할 수 있는 SBV를 상대로 우승컵을 빼앗아오는 모습을 보여주지 못했기 때문이다.

"챌린저는 음…… 일종의 직급입니다. 그건 중요치 않고 중요한 건 이 사람만 우리 팀으로 데려올 수 있다면 SBV팀을 상대로 우승컵을 빼앗아올 수 있다는 겁니다."

"확실해요? 재작년에 이글 선수를 데려왔을 때도 그런 말 하지 않으셨습니까? 그런데 결과가 어떻습니까? 홀드컵은 진출하긴 했지만 4강전에서 탈락했고 우승컵 하나 들어 올리지 못했습니다. 괜히 정글러인 크로우 선수가 히어로즈 오브 레전드 하는 내내 단 한 번도 우승한 적이 없다고 조롱당하는 거아닙니까?"

임원 한 명이 날카로운 어조로 쏘아붙였다.

이성준 감독이 한숨을 내쉬었다. 그가 하는 말은 하나 틀린게 없었다.

실제로 크로우는 데뷔 이후 단 한 번도 공식 경기에서 우승컵을 들어 올린 적이 없었다. 그리고 야심 차게 중국 리그에서 뛰던 세 명의 선수를 데려왔고 국내 최고의 탑 라이너도 영입했지만, 소득이 없었다.

"그래서 말씀드리는 겁니다. 이 선수는 차원이 다릅니다. 엠페러 못지않은 실력을 갖추고 있습니다. 우리 팀에 영입한 다음 융화될 수만 있다면 이번에야말로 홀드컵을 우승시킬 수 있을 겁니다."

이성준 감독이 격렬한 어조로 목소리를 토해냈다. 임원들이 저마다 눈빛을 주고받았다. 그때 한 임원이 혼잣말로 중얼거렸다.

"문제는 그의 의사 아니겠습니까? 이미 방송 같은 건 그만둬도 될 정도로 엄청난 부자라고 들었습니다."

"그러게요. 맨체스터 시티에서 받은 연봉만 해도 몇십억이라고 하지 않습니까?"

"요새도 계속 각국 구단에서 연락이 오고 있나 보더군요. 레알 마드리드나 바르셀로나는 물론 맨체스터 시티의 라이벌인 맨체스터 유나이티드도 공을 들이고 있다던데요?"

"그렇습니까? 진짜 대단하군요."

"중국에서도 그를 데려오고 싶어 한다던데요? 연봉으로 육백 억을 불렀다는 이야기도 있었습니다."

"……유, 육백 억이요?"

연봉 600억 원.

범인은 절대 상상조차 못 하는 돈이다.

상하이 선화에서 뛰고 있는 테베즈가 연봉으로 약 450억 원을 받는다.

그런 테베즈보다 150억 원을 더 받는 것이다.

임원 한 명이 침을 꿀꺽 삼켰다.

"저라면 당장 중국 리그에서 뛸 거 같은데 말이죠."

"저도 그러고 싶군요. 일 년 뛰고 연봉으로 육백 억을 받는 건데 그걸 거부할 선수가 있을까요?"

"그러게요, 하하."

그때였다. 한 임원이 그들을 보며 물었다.

"그러면 우리는 그한테 연봉으로 얼마를 제시해야 합니까?"

"……그러게요."

한수에게 연봉으로 얼마를 제시해야 할지 또 다른 고민이 이어지기 시작했다.

한수는 새로 이사 온 집을 둘러봤다.

예전이었으면 생각도 못 했을 집이었다.

그러나 한수는 대출 없이 일시불로 집을 구입한 뒤 이사할 수 있었다.

정말 넓긴 하지만 막상 혼자 있으려니 집 안이 황량했다.

한수는 왠지 모를 외로움을 느꼈다. 그것도 잠시 한수는 이 세련된 집과 어울리지 않는 오래된 텔레비전을 바라봤다.

그동안 적지 않은 경험치를 쌓았고 많은 채널을 확보했다.

하지만 여전히 텔레비전에 대한 정보는 뭐 하나 얻은 게 없었다. 어떻게 하다가 이런 텔레비전이 생겨났는지 그리고 이 텔레비전이 어떤 방법으로 자신에게 수많은 사람의 지식과 경험을 쥐어 주는 건지.

그러한 모든 것이 아직 뭐 하나 제대로 밝혀지지 않은 상태였다.

한수에게도 조금은 답답한 일이 아닐 수 없었다.

'채널 마스터가 되면 어떻게 해서 이런 행운이 내게 주어진 건지 알 수 있을까?'

그러나 아직은 모르는 일이었다. 채널 마스터가 되기까지는 확보해야 할 채널이 너무나도 많았다.

그렇게 한수가 멍한 얼굴로 눈부시게 쏟아지는 햇살을 맞으며 소파에 늘어지게 누워있을 때였다.

휴대폰이 울리기 시작했다.

'아, 슬슬 잠 좀 자려 했는데……'

한수가 투덜거리며 휴대폰을 확인했다. 전화를 걸어온 건 황 피디였다.

"황 피디님, 무슨 일이세요?"

┌힐링 푸드」, 기획 회의 때문에요. 언제 시간 여유가 되세요?

"저야 백수잖아요. 이젠 많이 여유롭죠. 언제쯤 뵐까요?"

-토요일 시간 어떠세요? 제가 오늘부터 금요일까지는 스케줄이 빡빡해서요. 죄송합니다.

"⋯⋯에, 토요일은 저도 어려운데."

-응? 무슨 일 있으세요?

머뭇거리던 한수가 입을 열었다. 어차피 황 피디하고는 그 동안 알고 지낸 지 꽤 오래된 데다가 앞으로도 여러 번 함께 촬영할 사이였다.

"예, 촬영이 있어요."

-네? 무슨 촬영이요? 아니, 잠깐만요. 한수 씨 복귀 후 촬영 은 제가 처음 아니었어요?

황 피디는 크게 당황한 듯했다. 한수가 어색하게 웃으며 자 초지종을 설명했다.

OZN 채널에서 이벤트 매치가 열리는데 프로게이머를 상대 로 한 연예인 팀에서 뛰기로 했다는 것을 밝혔다.

-네? 한수 씨가요? 한수 씨, 게임은 못 하는 거 아니었어요?

"하다 보니까 잘하게 되더라고요."

-그 말 진짜 얄미운 거 알아요? 남들은 백날 노력해도 안 되 는데 한수 씨만 유독 한번 했다 하면 되게 잘하는 거 같다니 까요?

"⋯⋯감사합니다, 피디님."

-그러면 언제까지 촬영하는 건데요?

"매주 월요일하고 토요일 두 번 촬영할 거고 아마 이벤트전 끝나는 날까지는 계속하게 될 거 같네요."

-촬영 일정이 꽤 기네요?

"월요일하고 토요일에 하는 건 연습이어서요."

"알았어요. 그럼 일요일에 봐요."

황 피디는 전화를 끊었다.

그래도 OZN이 아니라 유튜브에 연습 경기 영상 정도만 업로드되고 이벤트 대회가 열리는 당일만 생중계로 나온다는 걸 보면 불행 중 다행이었다.

일요일로 스케줄을 바꾼다고 조연출을 비롯한 스태프들에게 연락해놓은 뒤 황 피디는 인터넷을 키고 유튜브에 들어갔다.

그가 즐겨보는 영상들이 메인 화면을 가득 채우고 있었다.

그는 OZN 채널을 찾아서 확인했다.

오늘 낮에 올라온 영상이 벌써 꽤 높은 조회 수를 기록 중에 있었다.

누가 출연하는지 그 여부는 공개되지 않은 상태였다.

그냥 연예인 팀과 10위 팀인 팀 「ACE」가 서로 맞붙는 경기 양상만 나오고 있었다.

황 피디는 히어로즈 오브 레전드를 즐겨하는 건 아니었지만 그래도 어떤 게임인지는 알고 있었다.

점점 더 E스포츠 시장이 커질 것으로 예상하고 있어서였다.

그리고 '개중 몇몇은 예능 프로그램에서 써먹어도 괜찮지 않을까'라는 생각도 있었다.

이를테면 어떤 내기를 할 때 예전에는 제기차기나 줄넘기 같은 걸 했다면 이제는 스타크래프트나 히어로즈 오브 레전드 같은 게임을 써먹어도 괜찮지 않나 싶은 생각이 있었다. 시대가 바뀌는 흐름에 맞춰 방송도 진화해야 했다.

그렇게 영상을 보던 황 피디가 스크롤바를 내렸다.

그리고 댓글을 확인했다.

-미친, 강등팀이라고 해도 그렇지 연예인이 뭉친 급조된 팀에 지는 게 말이 되냐?

-와, 진짜 눈 썩는 줄. 저래서 프로 맞냐?

-어후, 이 정도면 욕먹어도 싸지. 프로가 아마추어 상대로 이기질 못하는데 해체각 아니냐?

-팀 「ACE」는 개뿔. 그냥 해체하자.

-**들. 빨리 챌린저스 리그로 강등당해라.

황 피디는 댓글들을 보며 눈살을 찌푸렸다.

언제나 느끼는 것이지만 간혹 몇몇 악플러들의 도를 넘은 댓글은 확실히 문제가 있었다.

그렇게 스크롤바를 내리던 도중 황 피디는 흥미로운 댓글을 볼 수 있었다.

-근데 상대 미드라이너 누군지는 모르겠는데 되게 잘하지 않냐? 이 정도면 거의 프로게이머 수준인데?

-그래도 팀 「ACE」 미드라이너는 나름 사람 구실하던 애인데…… 그 애가 저렇게 떡 발릴 정도면 뭐지?

-나도 그래서 깜짝 놀랐다니까. 쟤 누구야?

-연예인 중에서 히어로즈 오브 레전드를 저렇게 잘하는 애도 있었음?

-쟤는 프로 데뷔해도 먹히겠다. ㅇㅈ? ㅇㅇㅈ

-ㄹㅇ 씹소름이네. 18분 14초 가봐라. 라인전에서 솔로킬 따는데 스킬샷하고 무빙 둘 다 미침. 이 정도면 진짜 엠페러급인 듯 ㄷㄷ

-야! X발, 너네들 기사 올라온 거 보고 이거 보고 있냐?

-어? 뭔데?

-무슨 일인데?

황 피디도 링크를 눌렀다.

갓벤 메인 화면에 기사가 떠 있었다.

[KV팀, 소문의 챌린저 고수 Hans 영입에 나서다.]

황 피디는 한수가 누군지 그 기사를 보고 단번에 깨달을 수 있었다.

일요일 오전.

한수는 오랜만에 TBC로 향했다. 원래대로였으면 김 실장과 함께 스타크래프트 밴을 타고 이동했겠지만 지금 한수는 혼자 움직이고 있었다. 그리고 그는 당분간 어떤 기획사하고도 계약할 생각이 없었다.

어딘가에 묶인다는 것 자체가 대단히 불편하다는 걸 알고 있어서였다.

그럴 바에는 차라리 1인 기획사를 차려서 움직이는 게 나았다.

한수에게는 그럴 수 있는 자금이 충분히 있었다.

빨간색 페라리가 TBC 건물 안에 들어서자 사람들 이목이 집중됐다.

한수는 주차장에 차를 대놓은 다음 TBC 사옥 안으로 향했다.

한수가 TBC에 나타났다는 건 삽시간에 SNS을 통해 퍼지기 시작했다. 게다가 얼마 지나지 않아 기사도 떴다.

그 정도로 한수의 행보는 사람들의 이목을 집중시키기에 충분했다.

-드디어 복귀하나?

-TBC면 황금사단하고 또 뭉치려나 보네?

-생각해 봐. 황금사단하고 함께 해서 찍은 프로그램이 죄다 대박 났잖아. 나라도 황 피디하고 몇 작품 더 하겠다.

-새로운 프로그램은 무슨 컨셉일지 궁금하네. 요새 황 피디가 연출한 프로그램이 썩 재미없던 게 사실이긴 해.

-그건 그렇지. 마이더스의 손이라고 불리던 강한수가 그것을 깨부술 수 있을까?

-충분히 가능할 거 같은데? 막말로 강한수가 연예인 축구 동호회 들어간 다음 K-리그 뛰는 것도 가능할 거 같지 않냐?

-K-리그 아무도 관심 안 갖는데 흥행이 되겠냐?

-그럼 KBO에서 뛰던가. 야구는 꽤 인기 많을 듯?

-미친. 축구 선수랑 야구선수하고 같냐? 강한수가 축구는 잘했을지 몰라도 야구는 개판일 수도 있는 거야.

-그러다가 만약 강한수가 크보 씹어 먹고 MLB 진출하면?

-그게 말이 돼?

-그럴 수도 있잖아. 왜? 쫄리냐?

-…… X발. 가능성은 있기야 하지.

결국, 한 명이 꼬랑지를 말았다. 그러나 사람들이 강한수를 보는 게 대부분 그러했다.

남들은 불가능하겠지, 라고 이야기하는 걸 강한수는 어쩌면 가능할지도? 이렇게 생각하고 있었다.

그 정도로 강한수가 해낸 일들이 하나같이 보통 일이 아니었기 때문이다. 댓글을 보던 이유영 작가가 미소를 흘렸다.

"역시 한수 씨네요. 반응이 완전 껌뻑 죽는데요? 이거 기댓값만 해도 시청률 5%는 뽑겠어요."

"그 정도로 만족하면 안 되지. 그래도 한수 씨가 나하고의 인연으로 흔쾌히 출연한다고 해줘서 다행이야."

황 피디가 고개를 절레절레 저었다.

중국 상하이 선화에서 강한수가 딱 1년 자신 팀에서 뛰는 조건으로 연봉 600억 원을 제시했다고 들었을 때만 해도 가슴이 철렁거렸다.

TBC가 그 정도 자금력을 지원해 줄 여유는 전혀 없었기 때문이다.

그런 탓에 한수가 선뜻 출연해 주기로 한 것이 황 피디에게는 진짜 감격스러운 일이었다.

그동안 쌓아놓은 것들이 한꺼번에 보상받는 듯한 느낌이었다.

"안녕하세요."

그때 회의실 문을 열고 한수가 들어왔다.

이유영 작가가 반갑게 한수를 맞았다.

"한수 씨! 오랜만이에요! 잘 지냈어요?"

"저야 잘 지냈죠. 이 작가님도 잘 지내셨죠?"

"그럼요. 진짜 훤칠해졌네요. 키도 큰 거 같고 근육도 더 붙은 거 같고……."

이유영 작가가 볼을 빨갛게 물들였다.

한수가 어색하게 웃었다.

"블루블랙이 짐승돌이라고 하는데…… 한수 씨가 더 어울리겠는데요?"

"별말씀을요."

황 피디도 한수를 반갑게 맞이했다.

"한수 씨, 어서 와요."

"예, 황 피디님. 저 혼자만 온 건가요?"

"아, 다른 사람들도 곧 올 거예요. 한수 씨는 여전하네요. 약속 시간보다 항상 일찍 오곤 하잖아요."

한수가 밝게 미소를 지었다.

얼마 지나지 않아 함께 이번 「힐링 푸드」에 출연하게 될 출연자들이 속속 들어오기 시작했다. 제일 먼저 들어온 건 승준이었다.

"안녕하세요."

꾸벅 고개를 숙이던 승준이 한수에게 다가왔다.

"저 형 출연한다기에 바로 나가고 싶다 한 거 알아요?"

"정말이야?"

"그럼요. OZN에서 하는 건 형이 나오는 줄 몰랐지만 이건 들어서 알고 있었거든요. 아, 형하고 윤환 형하고 「하루 세끼」할 때가 그렇네요."

"짜식."

그리고 또 한 명이 들어왔다.

여자였다. 그리고 한수도 잘 아는 얼굴이었다.

"서현아, 너도 나와?"

한수는 의심쩍은 얼굴로 서현을 쳐다봤다. 그녀의 요리 실력을 누구보다 잘 아는 한수였다. 서현이 뾰로통한 얼굴로 한수를 보며 말했다.

"이래 봐도 내가 요리는 좀 할 줄 안다고."

예전에 「무엇이든 만들어드려요」를 촬영할 때만 해도 서현의 요리 실력은 형편없었다. 그리고 대타로 왔던 권지연이 할머니와 함께 살았던 것 때문인지 요리를 잘하는 걸 보며 여러모로 그게 아쉬웠던 서현이다.

그래서 그녀는 그 날 이후 스케줄이 없는 날이면 틈틈이 요리를 연습했고 요리사 자격증까지 딸 수 있었다.

의기양양하게 자신이 딴 자격증을 보여주는 서현을 보며 한수가 고개를 끄덕였다.

황 피디가 어련히 잘 뽑았겠지, 라는 생각이 들었다.

그리고 이번에는 얼굴을 모르는 출연자 두 명이 들어왔다.

개중 한 명은 보이그룹의 멤버였다. 촬영이 없는 날이면 항상 숙소에서 다른 멤버들 밥까지 챙긴다고 했다.

다른 한 명은 신인 여배우였다. 서현은 그녀를 아는 듯 살갑게 대화를 나누고 있었다.

그리고 마지막으로 회의실에 도착한 건 최형진 쉐프였다.

최형진 쉐프가 한수를 보고는 반갑게 인사를 해왔다.

"한수야, 오랜만이다. 귀국했으면 바빠도 연락 한 번은 줬어야지."

"죄송해요. 한동안 발목을 다친 것 때문에 바깥에 나오질 못했어요. 기자들도 그렇고. 잘 지내셨죠?"

"그럼. 다른 쉐프들도 다 너 보고 싶어 하고 있어. 그리고 조만간 양 피디님도 다시 너 섭외할 거라고 하더라."

"예? 양 피디님이요?"

"어. 「쉐프의 비법」 잠깐 쉬고 온다는 거 아니었어? 이제 복귀할 거면 우리 프로그램도 다시 나와야지."

"……생각 좀 해보고요."

한수가 어색하게 웃었다.

그러는 사이 회의실에 앉아 있던 황 피디가 출연자들을 둘러보며 말했다.

"우리 프로그램 제목은 다들 알고 계시죠? 강태중 씨, 우리 프로그램 제목이 뭐죠?"

"「힐링 푸드」죠."

"예. 사람들의 마음을 위로해 줄 수 있는 그런 요리를 만들고 싶어서 일부러 이름을 그렇게 지었어요. 그게 우리 프로그램의 기획 의도고요. 근데 예능 프로그램이다 보니 그에 맞게 예능 요소는 필요할 듯해서요. 그래서 일부러 한수 씨 말고 쉐프님 한 분을 더 모셨어요. 최형진 쉐프님이 한수 씨하고 경쟁을 펼치실 거예요. 그리고 남은 네 분은 각각 두 분을 보조해 주실 거고요."

황 피디는 그 이후로도 앞으로 「힐링 푸드」를 어떤 식으로 해나갈지 주된 핵심만 골라서 설명했다. 그렇게 기획 회의가 끝이 난 뒤 황 피디가 촬영 일정에 대해 이야기했다.

첫 촬영은 다음 주 화요일, 신촌역 부근에서 있을 예정이었다.

본격적인 촬영이라기보다는 사전 점검이었다.

일단 신촌역에 있는 한 음식점에서 각자 주력으로 내놓을 음식을 하나씩 개발할 예정이었다.

그런 다음 시식 행사를 열어서 그들이 푸드트럭에서 앞으로 만들 요리가 고아원이나 병원, 양로원, 공사현장 등에 있는 사람들에게 충분히 위로가 되어줄 수 있는지 미리 평가받을 예정이었다.

그것뿐만 아니라 프로그램 홍보를 위한 것도 없지 않아 있었다.

모든 회의가 끝난 뒤 집으로 돌아가려 하던 한수는 최형진 쉐프한테 붙잡혀야 했다.

최형진 쉐프가 한수를 보며 물었다.

"생각해 둔 요리는 있어?"

"글쎄요. 푸드트럭이니까 아무래도 회전율이 높아야 하지 않을까 해서요."

그들이 끌고 다녀야 하는 건 푸드트럭이었다.

그리고 빠른 시간 안에 많은 음식을 만들어서 제공해야 했다.

무제한으로 시간이 주어지지 않을 예정이었다.

즉, 손이 덜 들어가는 요리를 만들어야 한다는 의미였다.

그러나 맛과 정성도 녹여내야 했다. 여러모로 까다로운 작업이었다.

한수를 묘한 눈길로 바라보던 최형진 쉐프가 입을 열었다.

"김경준 쉐프님은 너를 천재로 인정했어. 그건 나도 마찬가지야. 솔직히 네 나이에 어떻게 그 정도 요리를 무리 없이 만들어내는지 이해 못 했거든. 그것도 한두 요리가 아니라 세계 각국의 요리를 만들어냈을 정도였으니까."

"……하하, 갑자기 칭찬을 해주시니까 걱정이네요."

"그래서 나는 너를 상대로 최선을 다할 생각이야. 그것 때문에 한 달 전부터 계속 메뉴를 구상하기도 했어. 편법이라고 생각하진 않겠지?"

한수가 고개를 끄덕였다. 편법이라면 오히려 자신이 텔레비전을 통해 얻은 능력이 더 편법이라고 할 수 있었다.

어떻게 보면 시험을 보는데 컨닝페이퍼를 대놓고 보면서 시험을 치르는 것과 같으니까.

"그래. 잘해보자. 그리고 조만간 양 피디님이 너한테 전화한댔으니까 한번 이야기해보고. 다른 쉐프님들도 다들 널 보고 싶어 하더라."

한수가 「쉐프의 비법」에 출연한 건 몇 번 안 된다.

그러나 그 짧은 시간 한수가 보여준 실력은 진짜배기였다. 쉐프들이 한수를 보고 싶어 하는 것도 그런 이유에서였다.

그리고 이틀이 지났다.

화요일 새벽 일찍 여섯 명의 출연자들이 세 명씩 팀을 이뤄서 신촌역 근처에 있는 음식점에 각각 모였다.

최고의 음식을 만들어내기 위해 새벽녘부터 부지런히 모인 그들은 제일 먼저 어떤 음식을 만들지부터 고민하기 시작했다.

"일단 푸드트럭이니까 그에 맞게 쉽게 먹을 수 있는 음식을 준비해야 하지 않을까요? 이를테면 핫도그 같은 거요."

핫도그.

가장 손쉬운 요리다. 손이 덜 가면서 요리도 어렵지 않다.

한수도 처음 생각했던 요리가 바로 핫도그였다.

하지만 핫도그의 단점도 분명하다. 너무 뻔한 요리다 보니 요리사의 손맛을 제대로 보여줄 수 없다는 점이다.

이번에는 서현이 아이디어를 내놓았다.

"음, 나는 덮밥을 생각해 봤어. 종종 촬영하다가 배고플 때 덮밥을 사 먹은 적 있는데 한 끼 식사로는 딱이더라고. 위에 얹는 고명도 다 제각각이라서 여러 가지 재료를 다양하게 즐길 수 있는 것도 장점이고."

덮밥도 나쁘지 않다. 실제로 노량진이나 강남 일대는 컵밥이 대세다.

공무원시험을 준비하는 공시생들에게 그 컵밥은 한 끼를 배부르게 먹게 해주는 귀한 음식이다.

두 가지 아이디어가 나왔다.

핫도그 혹은 컵밥. 그러나 한수는 생각을 조금 달리했다.

지역마다 수요층이 다 다르다.

고아원은 애들 입맛에 맞춰야 할 테고 양로원은 어르신들 입맛에 맞춰야 한다.

핫도그는 고아원에서 잘 먹히겠지만 양로원에서는 썩 좋은 반응을 끌어내지 못할 것이다.

오히려 양로원은 핫도그보다는 국밥 같은 게 더 잘 먹힐 수 있다.

푸드트럭이라는 장소의 한계를 생각하면서 여러 사람의 입맛을 동시에 만족시킬 수 있는 대중성 있는 아이템을 고려할 필요가 있었다.

'최형진 쉐프님은 어떤 요리를 구상 중이시려나?'

분자요리의 대가이자 국내파인 최형진 쉐프.

과연 그는 무슨 요리를 고안하고 있을지 호기심이 일었다.

그것도 잠시 한수는 계속해서 생각에 생각을 거듭했다.

메뉴를 하나로 통일하는 건 어려움이 있을 듯했다. 그렇다고 해서 복잡한 메뉴를 선정할 수는 없었다.

그렇게 되면 회전율이 떨어지고 더 많은 손님을 대접할 수 없어진다.

요리사의 손맛을 보여줄 수 있으면서 또 한편으로는 회전율이 빠르게 돌아갈 수 있게 하는 요리.

한수의 머릿속이 점점 더 복잡해지기 시작했다.

얼마 뒤 신촌역 앞에 두 대의 푸드트럭이 나란히 멈춰 섰다.

사람들은 하나둘 호기심을 가지고 그것을 바라봤다.

지금은 오전 8시 30분.

한창 첫 강의 시간에 지각할까 걱정 중인 학생들이 부리나케 각자 대학교로 향하던 시간대였다.

사람들 관심이 집중되고 있던 그 순간 두 대의 푸드트럭이 동시에 문을 열었다. 그 면면을 본 사람들이 환호성을 내질렀다.

「쉐프의 비법」에 출연하며 꾸준히 인기를 쌓아온 최형진 쉐프, 그 옆에 있는 아이돌과 예쁘장한 신인 여배우.

이들 조합이 사람들의 이목을 잡아끌었다.

그러나 사람들이 환호하는 건 단지 그들 때문만이 아니었다.

지금 세계에서 가장 유명한 한국인이라고 할 수 있는 강한수. 그가 푸드트럭에 있는 모습을 봤기 때문이었다.

동시에 「힐링 푸드」 첫 촬영이 시작됐다. 그리고 한수와 최형진 쉐프는 서로가 준비한 재료를 바라보며 눈을 빛냈다.

그것은 두 사람이 메인으로 선택한 재료가 동일했기 때문이었다.

최형진 쉐프는 흥미로운 눈으로 한수를 쳐다봤다. 두 사람은 서로 약속이라도 한 듯 같은 재료를 꺼내놓았다.

그것은 돼지고기였다. 채식주의자를 뺀다면 누구나 좋아하는 재료는 바로 고기다. 개중에서도 돼지고기는 호불호가 거의 없다. 이슬람교 신자가 아니라면 누구나 돼지고기를 즐겨먹는다.

특히 우리나라 사람들의 입맛을 사로잡기에 충분하다.

한수는 어젯밤부터 미리 재료를 준비해두고 있었다.

그가 준비한 건 쿠반포크였다. 쿠반포크는 모호소스에 재운 고기를 오븐이나 직화 그릴에 구워낸 쿠바 특유의 돼지고기 요리를 의미한다.

「퀴진 TV」에서 인상 깊게 봤던 쿠바 요리를 오늘 재현해 낼 생각이었다.

그는 제작진이 준비해 둔 돼지고기 목살을 모호 소스에 하루 넘게 푹 재워뒀다.

모호 소스는 마늘과 올리브오일을 바탕으로 레몬즙 또는 오렌지즙을 넣어 만드는 것으로 돼지고기구이를 하기 전 재워두는 용도로 자주 쓰인다.

충분히 재워둔 다음 오븐으로 구워야 할 필요가 있기 때문에 저녁부터 미리 밤을 새워 준비해 둔 것이었다.

이것으로 핫도그를 만들지 컵밥을 만들지 혹은 샌드위치를 만들지는 오늘 오전 출연자들과 결정을 내릴 예정이었고 새벽 일찍 신촌역의 한 음식점에서 모여 그들은 결정을 내렸다.

그들이 만들기로 한 건 치아바타 빵을 이용한 샌드위치였다.

일단 회전률이 중요한 푸드트럭이다 보니 초보자들도 만들기 편한 요리를 고를 수밖에 없었다.

한수는 치아바타에 골고루 버터를 바르는 서현을 바라봤다.

그녀는 유독 열심히 일하고 있었다. 그런 모습이 보기 좋아

보이는 게 사실이었다.

승준은 서현이 버터를 바른 치아바타에 치즈와 피클, 머스타드 소스 등 미리 밑 준비를 해두고 있었다.

이제 남은 건 오븐에서 구워지고 있는 쿠반포크가 맛있게 익어 나오길 바랄 뿐이었다.

한수가 이 요리를 만들 생각을 한 건 영화 「아메리칸 쉐프」를 보고서였다.

물론 아직 영화 채널은 확보하지 못한 탓에 쿠반포크 샌드위치의 레시피 정보는 전혀 얻을 수가 없었다.

그러나 불행 중 다행으로 「퀴진 TV」에서 이와 관련 있는 프로그램을 방송한 게 있었다. 그리고 개중에는 쿠반포크 샌드위치를 판매 중인 매장도 한 곳 있었는데 그곳도 방송을 탔다.

현지에 직접 가서 요리를 먹고 배워온 다음 다년간의 연구를 통해 레시피를 개발해 낸 그들의 노하우와 비법 소스를 한수는 「퀴진 TV」를 봄으로써 빠르게 습득할 수 있었다.

도둑질일 수도 있지만 애초에 한수는 이것으로 사익을 추구할 생각이 전혀 없었다.

어디까지나 이번 「힐링 푸드」 방송에서만 쓸 생각이었다.

그렇게 밑 준비를 끝내고 슬슬 장사를 시작하려 할 때 한수는 조금씩 밀려드는 수많은 대학생을 바라봤다.

1교시 강의를 빠지고서라도 기필코 그들이 만드는 요리를 먹고 가겠다는 다부진 결심이 엿보이고 있었다.

'최형진 쉐프님은 뭘 준비하셨으려나?'

한수는 힐끔 최형진 쉐프를 쳐다봤다. 그 역시 돼지고기로 무언가를 준비하고 있었다. 그러나 샌드위치는 아니었다. 아마도 분명하진 않지만, 컵밥인 것으로 보였다. 그리고 또 하나 특이한 건 튀김기가 있다는 점이었다.

한수는 샌드위치 하나로 승부를 볼 생각이었기 때문에 튀김기는 구비해 두지 않은 상태였다.

그러나 막상 저 튀김기로 감자튀김을 만들 걸 생각하니 살짝 아쉬움이 생겼다.

애초에 감자튀김은 맛이 없으려야 없을 수가 없는 요리였다.

칼로리가 높다는 게 흠일 뿐 소금을 듬뿍 묻힌 다음 고소하게 튀겨낸 뒤 그 위에 치즈를 듬뿍 뿌려주기만 해도 여대생들은 거기에 끔뻑 눈이 돌아갈 게 분명했다.

서현도 튀김기를 본 듯 한수를 향해 물었다.

"괜찮겠어? 우리도 튀김기 준비할 걸 그랬나?"

"아니야, 샌드위치 하나면 충분해."

일이 분산되면 분산될수록 속도는 더뎌지기 마련이다.

무엇보다 최형진 쉐프 옆에서 일하고 있는 저 아이돌과 신인 여배우는 데미 쉐프 역할을 한 번도 해본 적이 없다. 반면에 한수는 서현과 승준, 두 사람과 승기기에서 몇 차례 손발을 맞춰본 적이 있었다.

이것은 상대적으로 한수 팀이 갖고 있는 우위였다.

그때였다.

땅-

경쾌한 소리와 함께 오븐이 멈췄다.

"다 됐나 본데요?"

승준이 오븐을 확인한 뒤 말했다.

한수는 오븐을 열고 그 안에서 쿠반포크를 꺼냈다. 한눈에 봐도 먹음직스러운 갈색빛이 도는 두툼한 돼지 목살이 잘 익어 있었다.

한수는 오븐에서 쿠반포크를 꺼낸 다음 도마 위에 올려놓았다. 그런 다음 준비되어 있던 칼로 천천히 목살을 얇게 잘라내기 시작했다.

하나, 둘.

얇게 저며낸 살코기가 도마 위에 가지런히 깔렸다.

한수가 개중 한 점을 살짝 찢어서 입에 넣었다.

꿀꺽-

촉촉하면서도 부드러운데 누린내는 전혀 나지 않는 환상적인 돼지 목살 구이가 그대로 느껴졌다.

그는 남은 한 점을 서현에게 내밀었다. 한수가 맨손으로 건

넨 고기를 보고 흠칫 놀라던 서현은 주저 없이 그 고기를 받아먹었다.

오물거리며 얇은 돼지 목살 구이를 씹던 서현이 눈을 휘둥그레 떴다.

"완전 대박!"

"아씨, 무슨 맛인데 그래요? 형, 저도 한 점 줘요! 네?"

"알았어. 보채지 좀 마."

한수는 얇게 저민 돼지 목살 구이를 승준에게도 내밀었다.

승준 역시 잘생긴 얼굴과는 어울리지 않게 순식간에 게 눈 감추듯 돼지 목살 구이를 해치워 버렸다.

잠시 뒤, 승준은 말없이 엄지손가락을 번쩍 치켜세웠다.

그가 말하고자 하는 바는 분명했다.

맛있다는 것.

한수가 미소를 지었다. 그랬다. 결국, 요리를 결정짓는 건 맛이다. 맛있으면 그걸로 충분했다.

한편 한수 팀과 최형진 쉐프 팀이 막바지 준비를 하는 사이 SNS은 신촌역 앞에 나타난 두 대의 푸드트럭 때문에 뜨겁게 달아올라 있었다.

-누구하고 누구 온 거예요?

-일단 강한수 팀에는 배우 김서현하고 이승준이 있고요. 최형진 쉐프 팀에는 샤이닝스타의 이찬하고 배우 유정희가 보이네요.

-대박. 그럼 둘이서 요리 대결하는 거예요?

-그런 모양인데요? 근데 돈 받고 파는 게 아닌가 봐요.

-엥? 그러면요?

-무료시식행사래요. 대학생이면 누구나 먹을 수 있고 그 대신 간단한 설문조사를 작성해야 한다네요.

-거기 신촌역 몇 번 출구예요?

-저도요. 빨리 좀 알려주세요!

-여기 3번 출구예요.

-아싸!

SNS을 훑어보던 이유영 작가가 환하게 웃으며 말했다.

"역시 한수 씨 효과가 있나 봐요."

황 피디가 그런 이유영 작가를 보며 물었다.

"응? 왜? SNS 반응이 나쁘지 않나 봐?"

"나쁘지 않냐고요? 나쁜 게 아니라 완전 초대박이에요! 거기에 최형진 쉐프님도 워낙 인기 있다 보니 다들 한번 꼭 오고 싶다고 난리도 아니에요."

"그 정도는 당연한 반응이지. 애초에 그걸 노리고 두 사람을 섭외한 거잖아. 역시 삼고초려 해서 한수 씨를 데려온 보람이 있네."

"……삼고초려요? 누가 들으면 진짜 피디님이 세 번 넘게 찾아가서 모셔온 줄 알겠어요."

"아니, 그 정도로 내가 노력한 건 맞지. 안 그래?"

"……됐어요. 근데 두 분 모두 돼지고기를 주력으로 쓰시려는 모양인가 봐요."

"아무래도 고기가 낫지. 딱히 호불호가 갈리는 것도 아니고 먹기 편하잖아. 그런데 약간의 차이가 있긴 하네."

한수가 준비한 건 쿠반포크 샌드위치였다.

치아바타를 반으로 가른 뒤 그 안에 햄하고 목살 구이, 치즈, 피클 등을 넣어 만드는 쿠바 특유의 샌드위치였다.

"「아메리칸 쉐프」였나? 그 영화에서 본 적이 있지. 진짜 맛있게 구워냈었는데 그걸 그대로 차용할 줄은 몰랐네."

"최형진 쉐프님은 큐브 스테이크인 모양인데요?"

최형진 쉐프가 준비한 건 큐브 스테이크였다. 직사각형 모양의 박스에 스테이크, 감자튀김, 양파, 피클 등을 예쁘게 담아서 내놓는 것이었다.

"확실히 최형진 쉐프는 쉐프야. 맛뿐만 아니라 플레이팅도

포기할 수 없다는 거야."

"플레이팅이요?"

"응. 겉보기에는 한수 씨가 한 샌드위치보다 최형진 쉐프가 만든 저 큐브 스테이크가 더 맛있어 보이는 건 어쩔 수 없으니까."

한수가 만든 쿠반포크 샌드위치는 사선으로 그은 그릴이 인상 깊게 다가왔지만, 속 내용물을 볼 수 없다 보니 겉모습만 보고는 맛을 짐작하기엔 어려웠다.

반면에 최형진 쉐프가 만든 큐브 스테이크는 겉으로 볼 때 모든 재료가 알차게 다 드러나 있는 만큼 어떤 맛일지 짐작이 가능했다.

일단 눈으로 사람들의 이목을 잡아끌 수 있다는 점이 매력 포인트라고 할 수 있었다.

이유영 작가가 황 피디를 바라보며 조심스럽게 물었다.

"그렇다면 최형진 쉐프님이 역시 유리할까요?"

"아니, 이건 어디까지나 쉐프의 관점에서 봤을 때 말한 거야. 그리고 이 작가도 알고 있겠지만 한수 씨가 보통 실력이야? 「쉐프의 비법」에 출연할 때도 쉐프들이 혀를 내두를 정도였잖아."

"음, 그건 그렇죠."

"결국 본질은 맛이야. 맛이 얼마나 좋으냐가 관건이야."

"맞아요. 맛있는 요리에 더 끌리겠죠."

"또 하나, 중요한 건 회전율이고."

"회전율이요?"

"겉보기에 최형진 쉐프의 요리는 진짜 예술적이야. 사진으로 담아가고 싶어 할 정도지. 문제는 저 플레이팅하는 데 걸리는 시간이야. 뭐, 이제는 촬영하면서 지켜보도록 하자고. 스태프들 보고 학생증 확인하라고 하고 설문조사도 받을 수 있도록 해."

"만약에 지역 주민이 먹고 싶다고 줄 서서 기다리면 어쩌죠?"

가장 골치 아픈 문제다.

어째서 대학생들에게만 이런 혜택을 주느냐고 형평성에 어긋난 거 아니냐고 떠들어댈 사람은 분명 나오게 되어 있다. 「무엇이든 만들어드려요」를 촬영할 때도 그랬다.

황 피디가 단호한 목소리로 말했다.

"철저하게 커트해. 어디까지나 이건 이곳 인근 대학교에 다니는 대학생들을 위한 깜짝 이벤트니까."

그리고 몇 분 지나지 않아 본격적인 촬영이 시작됐다.

푸드트럭 앞에는 이미 적지 않은 줄이 길게 늘어져 있었다.

신촌 주변에 있는 대학교 네 곳에서 한창 등교를 서두르던 대학생들이 허겁지겁 몰려들었다.

1교시를 빼먹는 한이 있더라도 이번 깜짝 이벤트에 무조건 참가하겠다는 강한 의욕을 드러내고 있었다.

줄 서서 기다리고 있는 학생들 학생증을 확인하던 스태프 한 명이 한 청년을 보고 고개를 갸웃거렸다.

"음, 대학생 맞으시죠?"

대학생이라기에는 꽤 노안인 청년이 고개를 끄덕였다.

"예, 맞습니다."

"알겠습니다. 그럼 맛있게 드시고 꼭 설문조사 참여 부탁드릴게요."

"그런데 둘 다 먹을 수는 없나요? 꼭 하나만 골라야 하는 건가요?"

"예. 하나만 선택 가능하세요. 그리고 어차피 한 곳밖에 못 드실 거예요."

그러면서 스태프는 그에게 설문조사 용지를 내밀었다.

설문조사 용지는 비교적 간단했다.

누구의 요리를 골랐으며 왜 그 요리를 골랐는지, 그리고 맛은 어떤지, 돈을 주고 사 먹는다면 얼마까지 지불할 용의가 있는지 그 정도 항목이 나열되어 있었다.

사내는 고민을 거듭했다. 지금 그가 서 있는 줄은 최형진 쉐프의 줄이었다.

평소 「쉐프의 비법」을 즐겨봤고 개중에서도 허세로 유명한 최형진 쉐프의 요리에 푹 빠져 있었기 때문이다.

하지만 둘 중 한 명의 요리만 먹을 수 있다고 하니 아쉬움이 남았다. 최형진 쉐프 요리를 다 먹은 뒤 몰래 강한수의 줄에 선 다음 재차 먹을까 하는 생각도 들었다.

그러나 그랬다가 들통이라도 났다가는 쪽팔릴 걸 생각하니 망설여질 수밖에 없었다.

그러나 그 고민은 오래가지 못했다.

강한수 푸드트럭 뒤에도 어마어마한 줄이 길게 늘어서 있었다.

하지만 한 푸드트럭당 배정된 인원은 백 명이었다.

실제로 백 명이 카운트된 뒤 스태프들은 그 뒤에 줄 서서 기다리던 대학생들에게 양해를 구하고 잘라내고 있었다.

'어차피 뒤에 서봤자 못 먹는다는 거네.'

그는 깔끔하게 마음을 정리했다.

그러는 사이 맨 앞에 줄 서 있던 대학생들이 각각 음식을 건네받는 모습이 보였다.

확실히 처음부터 눈을 사로잡은 건 최형진 쉐프의 요리였다. 그도 오래 기다린 끝에 최형진 쉐프에게 직접 요리를 건네받을 수 있었다.

플레이팅에 있어서 강점을 보이는 최형진 쉐프의 요리답게 확실히 겉모습부터 때깔이 남달랐다.

그렇게 요리를 1/3 정도 먹었을 때 그가 눈매를 좁혔다.

강한수 요리는 어떤 맛일지 궁금했다. 그때였다. 한 사람이 그에게 다가와서 물었다.

"샌드위치 이 정도 남았는데 바꿔 드실래요?"

물물교환이었다.

그는 냉큼 고개를 끄덕인 뒤 강한수 팀이 만든 샌드위치를 받아 한 입 베어 물었다.

그리고 그것을 먹은 순간 그가 눈을 휘둥그레 떴다.

"어?"

to be continued